Sebastian Brock

Silbersee

Roman

Mitteldeutscher Verlag

*Ich betrachtete die beiden Körper näher:
ich war der eine, und ich war der andre.*

Julien Green, *Der andere Schlaf*

Ich habe Angst, daß von ihm nur bleibt, was in den Akten steht. Ich habe die Akten gestohlen. Eines Abends bei Dienstschluß die schweren Ordner in meinen Rucksack gepackt und aus dem Krankenhaus geschmuggelt. Gollner, der Stationspfleger, grinste. Das Papier im Rucksack wurde schwerer. Der Stationspfleger grinste und blieb stumm und schleuste mich durch die beiden Zäune mit den Stacheldrahtkronen. Ich kopierte die Akten über Nacht. Am nächsten Morgen schmuggelte ich sie ins Krankenhaus zurück, und Gollner grinste noch immer. Das Papier im Rucksack knisterte laut.

– Morgen Doktor. Wir haben Ihnen eine Tasse Kaffee mitgekocht, sagte Gollner.

Er nahm mich am Arm und brachte mich ins Schwesternzimmer. Der Rucksack stand zwischen meine Waden geklemmt. Die Schwestern und Pfleger rauchten. Der Kaffee war bitter.

– Keine Milch heute, Doktor? sagte ein junger Pfleger.

Ich schüttelte den Kopf. Der junge Pfleger goß mir Milch in meine Tasse.

– Zu viel, sagte Gollner.

Und goß die Tasse in den Ausguß aus, schenkte mir Kaffee ein und gab mir das Milchkännchen in die Hand.

– Sie zittern ja, sagte er.

Die Milch flockte im Kaffee. Ich trank.

Das Papier liegt jetzt ausgebreitet auf dem Boden meines Zimmers. Ich springe zwischen den paar leeren Flecken hin und her, wie von Stein zu Stein in einem Fluß. Draußen ist drückender Herbst. Ich kann das Fenster nicht mehr öffnen, weil dann der Wind das Papier verweht. Ich habe Angst, daß von ihm nur das bleibt, was Ärzte, Richter, Polizisten, Journalisten über ihn geschrieben haben. Was ich über ihn in die Akten geschrieben habe. Ich hole einen Tisch aus der Küche und stelle ihn in die Mitte des Zimmers. Ich hole einen Küchenstuhl und stelle ihn an den Tisch. Ich lege ein Schreibheft auf den Tisch und einen Stift. Ich stelle die Musik an. Elvis: Blue Moon. Ich setze mich auf den Stuhl. You saw me standing alone. Ich sitze über den Akten wie auf einem Thron. Without a dream in my heart. Ich schreibe Daniels Geschichte. Without a love of my own.

I. Februar

1

Daniel steht in dem weißen Raum und zieht sich aus. Den Pullover. Das T-Shirt. Die Schuhe. Die Hose. Die Strümpfe.
– Die Unterhose auch, sagt Gollner. Daniel zieht die Unterhose aus. Er wirft sie auf die weißen Fliesen zu den anderen Sachen. Die weißen Fliesen sind kalt. Gollner sieht auf Daniels Füße herab.
– Wann hast du die Nägel zuletzt geschnitten? sagt er. Daniel krümmt die Zehen, und die Spitzen werden weiß wie die Fliesen.
– Das kriegen wir schon hin, sagt Gollner. Sein Bart ist grau und nur unter der Nase gelb. Der kahle Kopf hat braune Flecken. Er wirft eine blaue Plastiktüte neben die Sachen auf die Fliesen. Er verschränkt die Hände hinter dem Rücken. Er stößt die Tüte mit dem Fuß an. Daniel ist nackt.
–Na los, sagt Gollner.
Daniel ist nackt, er kann sich nicht bücken, wenn er nackt ist. Er kann sich nicht bücken, wenn Gollner mit hinter dem Rücken verschränkten Armen dasteht, und er nackt ist.
– Die Sachen da rein, sagt Gollner.
Daniel bückt sich. Er stopft seine Sachen in die blaue Plastiktüte. Er hält Gollner die Tüte hin. Gollner nimmt sie nicht.
– Wir können gut miteinander auskommen, sagt Gollner. Daniel stellt die Tüte vor Gollner auf die weißen Fliesen. Gollner hat die Hände hinter dem Rücken verschränkt und

Daniel steht nackt vor ihm. Gollner schaut hinüber zur Pritsche und nickt. Auf der Pritsche liegt hellblaues Papier. Ein Hemd und eine Hose. Daniel zieht das Papier an.
– Wir können gut miteinander auskommen, sagt Gollner. Daniel setzt sich auf die Pritsche. Legt sich hin. Deckt sich mit der Decke aus Watte zu. Er kneift die Augen zusammen und zählt bis hundert. Er öffnet die Augen wieder. Gollner steht an der gleichen Stelle wie zuvor, jetzt mit der Tüte in der Hand.
– Die ersten drei Tage bist du auf jeden Fall hier drin. Das ist die Regel, sagt er.
Er geht zur Tür. Die Tür öffnet sich ohne ein Geräusch. Gollner geht durch die Tür, in der Hand die blaue Plastiktüte mit Daniels Sachen. Die Tür schließt sich.

Daniel schlägt die Zähne aufeinander. Das Klacken ist in seinem Kopf. Er schnipst mit den Fingern. Das Schnipsen ist in seinem Handballen. Er sagt seinen Namen.
– Daniel, sagt er. Daniel Kamp.
Der Name ist in seiner Kehle. Er sagt den Namen noch einmal und noch einmal. Er breitet sich von der Kehle durch seinen Körper aus, bis zur Haut. Er läuft unter der Haut bis zu den Zehenspitzen. Der Raum ist ganz weiß. Das Licht kommt aus den weißen Fliesen, aus der weißen Plastikpritsche und aus der weißen Watte. Auch Daniel ist weiß. Seine Haut. Der Name, den er sagt. Der Name unter seiner Haut. Daniel schlägt die weiße Watte zurück. Auf der weißen Pritsche im weißen Raum liegen ein Hemd und eine Hose aus hellblauem Papier. Daniel setzt sich auf. Ein paar Meter über der Pritsche hängt ein schwarzes Auge. Das Auge

zwinkert nicht. Daniel will hineinfassen, das Auge hängt zu hoch. Daniel reckt sich. Er kann im Auge sein Gesicht sehen, spitz mit langer Nase. Im Auge ist er nicht verschwunden. Er schreit das Auge an, weil er im Auge ist. Er schreit seinen Namen. Seinen Geburtstag. Er schreit den Namen seiner Mutter und ihren Geburtstag. Er schreit Namen und Geburtstag seiner Großmutter. Und er schreit den Namen des Mädchens. Kathrin, schreit er. Das Auge hört ihn nicht, er kann nur bis zu seiner weißen Haut schreien.

In der Gasse hinter dem S-Bahnhof nimmt er ihr den Schulranzen ab und wickelt den Schal von ihrem Hals. Er bindet ihr damit die Hände zusammen. Er läßt Hosen und Unterhosen nach unten und preßt sein Glied gegen ihr Gesicht. Er zieht ihr die Hosen und die grünen Unterhosen nach unten, drückt ihre Beine auseinander und dringt in sie ein. Er nimmt ein Päckchen Zigaretten aus seiner Jacke, nimmt die Zigarette heraus, die mit dem Filter zuerst darin steckt, raucht sie in kleinen Zügen, die Hose immer noch in den Knien. Er reibt sein Glied an ihren Haaren, bis es wieder steif ist. Er drückt ihre Beine auseinander und dringt noch einmal in sie ein. Er läßt den Samen auf ihren Hals tropfen. Sie weint. Er schlägt sie, bis sie aufhört. Er bindet ihr die Hände los und legt den Schal um ihren Hals. Er zieht den Knoten fest, bis sie stirbt.

Gollner kommt und sagt, drei Tage seien um. Er führt Daniel aus dem weißen Raum in einen anderen mit grünen Fliesen. Er zupft Daniel die Papierfetzen vom Körper.
– Du stinkst wie das Affenhaus im Zoo, sagt er.

Er tritt zurück, aus einem Rohr unter der Decke kommt Wasser. Das Wasser ist kalt und wird heiß, während es bis zu Daniels Füßen rinnt. Gollner drückt Daniel Seife aus einer großen Flasche auf die Brust. Daniel verreibt sie langsam, und aus seiner Brust wächst ein weißer Schaumpilz.
– Auch die Achseln, sagt Gollner.
Daniel reibt den Schaumpilz in seine Achseln.
– Auch zwischen den Beinen, sagt Gollner.
Daniel reibt sich den Schaumpilz zwischen die Beine. Dann steht er still, bis aller Schaum und alles Wasser durch den Rost unter seinen Füßen gelaufen ist. Gollner gibt ihm ein weißes Handtuch, unter dem Handtuch wird Daniels Haut rot. Gollner läßt Daniel sich auf den Boden setzen. Er hebt Daniels Bein an seine Hüfte. Aus der Tasche seiner weißen Hose nimmt er eine kleine, goldglänzende Schere. Er schneidet Daniel die Zehennägel. Die schwarzen Halbmonde schlagen klackend auf den Boden.

Gollner gibt Daniel drei Hosen, drei Hemden, fünf Unterhosen, fünf Paar Strümpfe, ein Paar Schuhe. Alles ist hellblau wie das Papier der ersten drei Tage.
– Das muß für eine Woche reichen, sagt er.
Eine Unterhose, ein Hemd, eine Hose, ein Paar Strümpfe und die Schuhe muß Daniel anziehen, die anderen Sachen in einen schmalen Spind stapeln.
– Hosen und Hemden gehören in das obere Fach. Strümpfe und Unterhosen in das mittlere. In das untere kommen später vielleicht die Schuhe für draußen.
Gollner nimmt Rollenpflaster aus der Hosentasche und klebt Daniel einen Streifen auf die Brust.

– Ich hab schon wieder deinen Namen vergessen, sagt er. Daniel sagt seinen Namen noch einmal. Gollner schreibt ihn auf den Pflasterstreifen. Der Kugelschreiber hat nur noch wenig Tinte und Daniel ist es, als ritze Gollner den Namen in seine Haut. Gollner liest laut den Namen vor und lacht.

– Bezieh dein Bett, sagt er dann, schließt den Spind ab und geht.

Das Zimmer ist längs durch die Fuge zwischen den Linoleumbahnen in zwei Hälften geteilt. Beide Hälften sind gleich. Das Bett mit dem Metallgestell, der Spind, der Stuhl, der halbe Tisch und das halbe, vergitterte Fenster. Vor dem Fenster der halbe Baum. Er ist kahl und die Äste kurz geschnitten wie Daniels Zehennägel. Hinter dem Baum der Zaun aus Metallstangen, dahinter der Maschendrahtzaun mit der Krone aus Stacheldraht. Die Zäune lassen sich nicht teilen. Sie zerschneiden das Feld, das hinter ihnen liegt. In Streifen, so breit wie Klopapier und Karos, so groß wie Daumennägel. Im Hof werfen sich drei alte Männer einen Medizinball zu. Eine junge Frau im Trainingsanzug pfeift auf den Fingern. Die Männer stellen sich in einer Reihe auf. Die junge Frau stellt den Fuß auf den Ball und stemmt die Fäuste in die Hüften. Ein alter Mann winkt Daniel zu. Die junge Frau sieht zu ihm herauf und lächelt, um den Kopf hat sie ein rotes Stirnband. Daniel tritt zurück. Er bezieht das Bett, die Decke verdreht sich und läßt sich nicht ordnen. In der anderen Hälfte ist das Bettzeug glatt, und auf dem Kopfkissen sitzt eine getigerte Katze. Das Kissen hat keine Kuhle, dort wo die Katze sitzt. Daniel geht hinüber und streichelt die Katze, bis ihr kaltes

Fell warm wird und ihr Körper schwer, so daß sie in das Kissen sinkt. Die Tür öffnet sich.
– Mein Freund, sagt ein Mann.
Er zieht schwarze Handschuhe aus, einen Mantel, einen Schal. Nimmt einen Hut vom Kopf. Gibt alles Gollner, der in der Tür steht.
– Mein Freund, sagt der Mann noch einmal.
Unter dem Mantel trägt er die gleichen hellblauen Sachen wie Daniel. Gollner schließt den Spind auf. Der Mann tritt sich die Schuhe von den Füßen. Bindet sie an den Schnürsenkeln zusammen. Tauscht sie gegen die Pantoffeln, die im untersten Fach des Spinds stehen.
– Ich weiß nicht, ob ich das gutheißen kann, Herr Gollner.
Im Spind sind die Fächer voll mit hellblauen Hosen und Hemden. Gollner legt dem Mann die freie Hand zwischen die Schulterblätter. Die Katze schnurrt und schmiegt den Kopf in Daniels Hand.
– Stille sollste sein, Jader, sagt Gollner.
Jader streckt den Bauch vor, als Gollner ihm mit den Knöcheln die Wirbelsäule entlang fährt.
– Scher dich auf deine Seite! schreit Jader.
Die Katze ist kalt und hart, ihre Barthaare stechen wie Nadeln. Jader nimmt die Katze und stopft sie zwischen die Hemden in den Spind.
– Rechts ist deine Hälfte, Kleiner, sagt Gollner. Du bleibst besser in der rechten Hälfte.
Daniel setzt sich auf sein Bett. Gollner schließt den Spind ab.
– Jetzt kriegt sie keine Luft mehr, sagt Jader.
– Auch Katzen sterben nur einmal, sagt Gollner und geht.

2

Daniel und ich sind am gleichen Tag am Silbersee angekommen. An der Endstelle stieg ich aus der Straßenbahn. Der Himmel war weiß und die Sonne nur ein greller Fleck, der Silbersee eine Stahlplatte zwischen den Feldern. Ich ging über Kopfsteinpflaster auf das Krankenhaus zu und sagte dem alten Mann im Pförtnerhaus meinen Namen.

– Ich fange heute als Arzt hier an, sagte ich.

Er klopfte mit dem Stift auf sein Kreuzworträtsel, die Fingernägel gelbbraun wie Milchkaffee.

– Figur der griechischen Mythologie. Kam der Sonne zu nah. Sechs Buchstaben, sagte er.

Er goß Sahne in seinen Kaffee, rührte um und leckte den Löffel mit seiner braunen Zunge ab.

– Station siebenundzwanzig, sagte ich.

– Das Haus ganz hinten durch. Die haben auch gerade einen Neuen bekommen, da müssen Sie nicht alleine anfangen, sagte er und schrieb die Buchstaben in die Kästchen.

Ich ging die Pflastersteinstraße ins Krankenhausgelände hinein. Die Bäume waren noch kahl und sahen spröde aus. Ich ging in der Mitte der Straße. Das Haus am Ende der Straße war aus roten Backsteinen gebaut. Der Zaun ringsherum war höher als das Haus. Die Fenster waren gelbe Rechtecke mit schwarzen Gittern davor. Hinter mir hupte ein Auto. Ich ging zwischen die Bäume. Halten Sie Abstand, ich hab Freunde am Silbersee, stand auf der Heckscheibe.

Das Auto hielt vor dem Backsteinhaus. Ein Mann stieg aus dem Auto und wartete.

– Keine Angst, Herr Doktor! Ich bin vor dem Zaun, ich tue Ihnen nichts! rief er.

Mit jedem Schritt auf das Haus zu wurden die Drähte des Zauns kräftiger und die Maschen kleiner. Der Mann streckte mir die Hand hin, ich versuchte an ihm vorbeizusehen, das Backsteinhaus war hinter dem Zaun verschwunden.

– Sie sind doch der neue Doktor, hat Tenne von der Schranke gesagt. Mein Name ist Gollner, ich bin der Stationspfleger. Sie kommen gerade richtig. Bin eben mit den Brötchen fürs Frühstück zurück.

Ich nahm die Hand, sie war groß und feucht. Gollner hob mir den Plastikbeutel mit den Brötchen vors Gesicht. Er klingelte am Zaun.

– Keine Angst. Wir kriegen das schon hin, sagte er.

Ein Surren, und die Tür im Zaun öffnete sich. Die Tür fiel ins Schloß. Vor dem Haus war noch ein zweiter Zaun. Gollner ließ einen Schlüsselbund zwischen unseren Gesichtern schwingen.

– Nehmen Sie, die brauchen Sie hier, sagte er.

– Wann kommt die Chefärztin? fragte ich.

– Ich zeige Ihnen die Station, sagte er.

Wir gingen die Station entlang. Durch das erste Gitter in den Tagesraum. Männer zerlegten Computerschrott. Zwei Frauen sortierten Schrauben, ein Mädchen und eine ältere Frau, beide dick und sich ähnlich wie Mutter und Tochter. Das Mädchen sah auf. Sie hatte ein Auge zugekniffen und eine rote Strieme auf der Wange.

– Hier gibts nichts zu sehen. Mach weiter, sagte Gollner.

Einer der Männer schlug mit dem Schraubenzieher auf den Computer ein, das Mädchen lachte.

– Wie alt sind Sie? fragte mich Gollner.

Ich sagte es ihm. Seine Hand lag an meinem Ellbogen, ich spürte ein Blutgefäß klopfen, im Takt, in dem der Mann auf den Computer eindrosch. Wir gingen durch das zweite Gitter in den Patiententrakt. Dort war das Linoleum weich, man hörte die Schritte kaum. Nur jede zweite Neonröhre leuchtete.

– Haben Sie Kinder? fragte Gollner.

Ich schüttelte den Kopf. Er ließ meinen Arm los und lächelte. Er schloß eine Tür auf. Vor einem Monitor saß eine Schwester. Sie trug eine hellblaue Strickjacke und drückte eine Zigarette aus.

– Der neue Doktor, sagte Gollner.

Die Schwester blies den Rauch vor dem Monitor beiseite.

– Das ist ein Kind, nur ein kleines Kind, sagte sie.

Mein Ellbogen klopfte und wurde kalt, und das Klopfen wanderte den Arm hinauf in den Kopf.

– Nur ein kleines Kind, sagte die Schwester.

Auf dem Monitor stand ein Junge auf einem Bett. Er war nackt bis auf ein paar hellblaue Papierfetzen. Er reckte sich der Kamera entgegen und hatte die Augen weit aufgerissen.

– Ich nehme an, das wird Ihr erster Patient, sagte Gollner. Er hat gerade seine drei Tage Isolation bei Aufnahme hinter sich. Ich geh ihn jetzt waschen. Wir sehen uns dann bei der Mittagsrunde.

Auf dem Schreibtisch in meinem Arbeitszimmer klebte ein rosa Zettel.

Herzlich willkommen. Bin ab Mittwoch wieder im Haus. Bei Fragen wenden Sie sich an den Oberarzt. Die Unterschrift und der Stempel der Chefärztin. Neben dem Zettel lag eine Praline. Ich wickelte sie aus dem Papier. Die Schokolade war grau, im Mund zerfiel sie und hatte keinen Geschmack. Ich zog die Schubladen des Schreibtischs heraus, sie waren leer, nur in einer lag ein weißer Stein. Der Stein war flach und gebogen wie eine abgeschnittene Zunge. Er lag kalt auf der Handfläche. Es klopfte an der Tür. Ich schloß die Finger und sagte Ja. Gollner ließ eine Akte auf den Tisch fallen.

– Lesen Sie das, sagte er. Dann haben Sie den Vormittag was zu tun.

Er drückte auf einen Knopf am Schreibtisch. Über der Tür begann eine grüne Lampe zu leuchten.

– Wir wollen wissen, wo Sie sind, sagte Gollner und ging.

Ich legte den Zungenstein neben die Akte. Daniel Kamp, stand auf der Akte. Das Geburtsdatum, er war fünf Jahre jünger als ich. Urteil: Mord. Unterbringung in einem psychiatrischen Krankenhaus. Ich legte meinen Finger an den Stein.

– Was willst du hier? fragte der Stein.

Ich nahm ihn in die Faust und ging zum Fenster. Der Stein lallte dumpf. Ich drückte ihn in der Faust, bis er still war. Im Hof warfen sich drei alte Männer einen Medizinball zu, und die junge Frau, die sie beaufsichtigte, nickte mir zu. Es klopfte, ein Mann kam herein. Sein Bart verdeckte sein Gesicht. Er schob die Hände in die Hosentaschen und stellte sich als Oberarzt Tanner vor.

– Herr Gollner sagt, Sie arbeiten sich ein, sagte er.

– Ja, ist interessant, sagte ich und ging zum Schreibtisch zurück.

Der Oberarzt ging ans Fenster, klopfte gegen die Scheibe, winkte und lächelte.
– Was wollen Sie hier? sagte er.
Ich drückte die Fingernägel in den Daumenballen.
– Das ist Ihre erste Stelle. Sie haben keine Ahnung. Verstehen Sie mich nicht falsch, aber länger als einen Monat halten Sie es nicht aus.
Er schaute auf die Uhr und lächelte.
– Ich kenne das Datum, sagte ich.
– Zwölf Uhr dreißig haben Sie die Mittagsrunde mit den Patienten, sagte er. Ich sehe Sie morgen bei der Dienstbesprechung.
Er ging und ich öffnete die Faust. Der Stein war grau und sagte: Nicht länger als einen Monat.

Im Tagesraum trugen sie alle hellblaue Hemden und Hosen. Ich stand hinter dem Gitter und versuchte es zu öffnen, probierte einen Schlüssel am Bund nach dem anderen. Am Gitter gegenüber, das den Tagesraum von den Patientenzimmern trennte, stand Gollner in seinen weißen Sachen und hielt einen Jungen am Arm. Die Hellblauen räumten die Tische beiseite und bauten einen Kreis aus Stühlen auf. Nur ein Mann saß abseits beim Aquarium, mit einer Zeitung in der Hand.
– Figur der griechischen Mythologie. Kam der Sonne zu nah. Sechs Buchstaben! rief er.
Er schlug mit einem Kugelschreiber gegen das Aquarium. Die Fische stiebten auseinander. Der Mann starrte ins Aquarium.
– Selbst die wissen mehr als ihr Idioten, sagte er nach einer Weile und schrieb etwas in die Zeitung.
– Stille sollste sein, Jader, sagte Gollner. Oder du sortierst ab morgen wieder Schrott. Noch zwei Stühle mehr.

Jader schlug mit der Faust gegen das Aquarium. Gollner ließ den Jungen los, trat zwei Stühle um. Jader öffnete und schloß den Mund schnappend wie ein Fisch, lächelte dann und stellte die beiden Stühle in den Kreis. Der Junge hielt sich am Gitter fest. Ich hatte den richtigen Schlüssel noch immer nicht gefunden. Die Hellblauen und Gollner setzten sich in den Stuhlkreis, die Stühle links und rechts neben Gollner blieben leer.

– Setz dich, sagte Gollner zu dem Jungen.

– Ich glaube, da hat jemand ein Problem mit dem Gitter, sagte Jader.

Gollner ging zum Jungen, nahm ihn am Arm und brachte ihn zu einem der freien Stühle. Dann kam er zu mir und schloß das Gitter auf.

– Einfach eintreten, Herr Doktor. Und abschließen nicht vergessen, sagte er und verschloß das Gitter.

Ich setzte mich neben den Jungen. Gollner stellte sich in die Mitte des Kreises.

– Sie sehen, es gibt zwei neue Gesichter in unserer Runde. Herr Kamp, ein neuer Mitpatient. Und Doktor Walser, der neue Stationsarzt. Sie haben sicher selbst noch etwas zu sagen.

Ich stand auf, schob die Hände in die Kitteltaschen und spürte den Zungenstein. Gollner setzte sich, schlug die Beine übereinander.

– Ich freue mich, sagte ich.

– Wir freuen uns auch, rief das Mädchen mit der Strieme auf der Wange.

– Halt den Mund, er redet jetzt! rief Jader.

Gollner lächelte.

– Ich freue mich, flüsterte der Zungenstein.

3

Daniel hört Jader atmen, drüben auf der anderen Seite. Im Zimmer ist es hell wie am Tag, draußen ist Schnee gefallen und das Licht der Scheinwerfer im Hof ist grell. Jader atmet gleichmäßig und Daniel hört die Katze schreien, sie windet sich und erstickt zwischen Jaders hellblauen Sachen. Und Daniel sieht das Mädchen den Mund öffnen, wie sie versucht zu schreien, aber die Luft dazu nicht hat, und er spürt ihre Hände an seinen Handgelenken. Ihre Nägel bohren sich in seine Haut. Er geht zum Spind auf die andere Seite, versucht die Finger in den Spalt zwischen den Türen zu schieben. Im Spind schreit die Katze und ihr Schwanz schlägt gegen die Tür. Dann plötzlich ist die Katze still und der Schmerz an den Handgelenken wird unerträglich.

– Was tust du da? sagt Jader, setzt sich im Bett auf.

Daniel kauert sich am Spind nieder.

– Scher dich ins Bett, verdammt! ruft Jader.

Daniels Zimmer in der Wohnung der Mutter hat das Fenster auf einen Schacht, der hoch wie ein Telegrafenmast ist. Die Wohnung liegt im Erdgeschoß. Das Fenster steht offen. Auf dem Plastikdach über dem Schacht beginnen die Tauben zu scharren. Daniel wirft die Bettdecke zu den Füßen. Auf dem Holzstuhl liegt die zerknüllte Kleidung vom Vortag, in der Nacht war sie eine Katze, groß wie ein Schäferhund. Daniel geht zum Fenster, im Schacht haben die Tauben den Morgen

grau geschissen. Das Fenster gegenüber, drei Stockwerke höher, ist noch dunkel. Die Mutter klopft an der Tür.
– Ich bin wach, sagt Daniel.
– Beeil dich, es ist dein erster Tag, sagt die Mutter.
Im Fenster gegenüber wird Licht gemacht. Hinter dem Milchglas springt ein Schatten auf und ab, siebzehn Mal zählt Daniel, dann hält der Schatten inne.
– Komm jetzt endlich, sagt die Mutter.
Das Fenster wird geöffnet. Das Mädchen beugt sich aus dem Fenster.
– Hör auf mich anzuschauen, ruft sie und lacht.
Dann springt sie wieder auf und ab, das Bett quietscht und das hellblaue Nachthemd mit der Sonnenblume darauf gleitet ihr hinauf bis fast zu den Hüften.
– Geh dich doch waschen, Daniel! ruft das Mädchen.
Einen Augenblick lang steht sie still mitten in der Luft, den Mund weit aufgerissen, als bekäme sie keine Luft, und unter dem Nachthemd schaut der grüne Schlüpfer hervor. Die Mutter schlägt mit der Faust gegen die Tür.
– Jetzt geh doch endlich! ruft das Mädchen und läßt sich zurück ins Bett fallen.

Dort drüben steht das Bett mit dem Metallgestell. Die Bettdecke darauf ist im Überzug verdreht. Jader schlägt mit der flachen Hand gegen den Spind. Daniel versteckt den Kopf zwischen den Armen. Jader bückt sich und legt Daniel die Hand auf die Schulter, schiebt den Daumen unter den Kragen von Daniels Schlafanzug, auf das Schlüsselbein, streicht langsam den Knochen auf und ab. Daniel sagt seinen Namen. Er sagt, daß er neu hier ist.

– Gefällt dir meine Katze? fragt Jader.

Daniel nickt.

– Sie heißt Else. Sie ist in meinem Wohnzimmer verhungert, als sie mich eingesperrt haben. Ich hab sie ausstopfen lassen.

Jader schiebt den Daumen an Daniels Hals hinauf, über den Kehlkopf bis zum Kinn.

Daniel und das Mädchen gehen die vierspurige Straße in Richtung S-Bahnhof. In den kahlen Bäumen sitzen Krähen, so daß sich die Zweige biegen.

– Was hast du gegen Friseure? fragt das Mädchen.

– Nur Schwule werden Friseur. Ich bin doch nicht schwul. Ich will nicht Friseur werden, sagt er.

Er nimmt ein Zigarettenpäckchen aus der Tasche, reißt es auf und raucht. Das Mädchen nimmt eine Zigarette aus der Packung und schiebt sie mit dem Filter zuerst wieder zurück.

– Rauch die zuletzt. Das bringt Glück, sagt sie.

– Du rauchst doch gar nicht, sagt er.

– Hat mir jemand erzählt, sagt sie.

Er hebt ihren Schulranzen an, sie lächelt.

– Wenn du Friseur bist, kannst du mir immer die Haare schneiden, sagt sie.

– Ich will deine Haare nicht schneiden, sagt er.

– Vermassele es nicht wieder, versprichs mir, sagt sie.

Er läßt den Schulranzen zurück auf ihre Schultern fallen. Raucht noch drei Züge, wirft die Zigarette auf den Gehweg. Um den Hals des Mädchens ist ein rotschwarzer Schal gewickelt. Er schiebt die Hand darunter, dann tiefer bis zwischen die Schulterblätter.

– Was machst du?
– Meine Hände sind kalt. Dort ist es warm.
– Hör auf damit!
Sie windet sich. Er zieht die Hand wieder hervor, so daß die Fingernägel über die Haut kratzen.
– Du tust mir weh!
– Du trödelst! Warum trödelst du so, verdammt! Ich will nicht zu spät kommen an meinem ersten Tag!
Er nimmt ihre Hand, als sie in die Gasse hinter dem S-Bahnhof biegen.

– Sie ist tot, du kannst nichts mehr für sie tun, sagt Jader.
Auch Katzen sterben nur einmal.
Er gibt Daniel einen Klaps auf die Wange, greift ihm unter die Arme und richtet ihn auf.
– Mach dein Bett, das mußt du lernen. Wie willst du in so einem Bett schlafen können, sagt er.
Er öffnete das Fenster. Die eiskalte Luft kommt zwischen den Gittern herein. Jader steht am Fenster, aus seinem Mund und seiner Nase kommen Dunstwolken, hinter ihm ist das Licht der Scheinwerfer grell. Daniel versucht, die Bettdecke glattzuziehen. Seine Hände zittern, es gelingt ihm nicht.
Jader schüttelt den Kopf, er geht in sein Bett, deckt sich zu, das Fenster läßt er offen.
– Aber halt jetzt das Maul, sagt er.
Daniel steigt ins Bett, deckt sich zu, so gut es geht. Jader atmet gleichmäßig. Daniel zieht die Knie an die Brust heran.

4

In dieser Nacht stand ich an einer roten Ampel, eine alte Nutte nahm eine Brust aus dem T-Shirt und schüttelte sie.
– Wie wärs? sagte sie.
Die Ampel schaltete auf Grün. Ich legte die Hand an den Ampelmast. Er war so kalt, daß ich Angst hatte, meine Hand klebe fest. Ich schob die Hand in die Jackentasche. Die Nutte lächelte, ihre Lippen waren gelb mit Spuren lila Lippenstifts.
– Was ist nun? fragte die Nutte.
Sie schloß die Finger über der Brustwarze. Ich hatte die Geldbörse in der Hand, sie war schwer vom Kleingeld. Die Nutte legte die Brust ins T-Shirt zurück. Das T-Shirt war schwarz mit einer weißen Zielscheibe darauf. Ich trat auf den Asphalt. Ein Auto hupte. Drinnen schlug ein Junge mit der Hand gegen die Beifahrerscheibe.
– Gehen wir, sagte ich zur Nutte.
Sie schob mir die Hand unter den Arm. Ich fragte nach dem Preis.
– Fünfzig, sagte die Nutte.
Ich nahm die Hand aus der Tasche und zog den Reißverschluß zu.
– Für dich dreißig.
Wir gingen nebeneinander. Die Nutte zündete sich eine Zigarette an und bot mir eine an. Ich wollte die nehmen, die verkehrt herum in der Packung steckte.
– Die nicht, die ist fürs Glück, sagte die Nutte.

Ich nahm die daneben. Die Nutte gab mir Feuer. Ich zog an der Zigarette und hustete. Die Nutte lachte, die Haut in ihrem Gesicht blieb steif wie eine Maske. Ich warf die Zigarette in eine Pfütze.
– Ich will nicht, daß du rauchst, sagte ich.
Die Nutte blies mir Rauch ins Gesicht und drückte die Zigarette an der Hauswand aus. Ein Mann in meinem Alter öffnete die Tür des Hauses. Sein Schnurrbart machte ihn häßlich. Im Treppenhaus war die Luft dumpf wie in einer Kirche. Auf der Wohnungstür war die gleiche Zielscheibe wie auf dem T-Shirt der Nutte. Mit einem Einschußloch rechts über der Mitte. Im Einschußloch war ein Auge. Die Tür wurde geöffnet. Der Mann hinter der Tür sah aus wie der Mann in der Gasse. Nur hatte er keinen Schnurrbart. Sein Gesicht war blaß mit schwarzen Augen, er hatte die gleichen Wangenknochen wie die Nutte. Ich streifte mit dem Ellenbogen den Bauch des Mannes, als ich an ihm vorüberging. Die Nutte zog sich aus und legte sich aufs Bett. Das Zimmer hatte kein Fenster, geweißte Wände mit aus Magazinen ausgeschnittenen Frauen daran. Ich zog Hose und Unterhose aus. Das T-Shirt behielt ich an. Die Nutte schaute auf die Uhr. Die Uhr an meinem Arm wurde schwer.
– Keine Angst. Um die Zeit kümmere ich mich schon, sagte die Nutte.
Sie schnallte mir die Uhr ab. Legte sie zu Hose und Unterhose. Die Haut der Nutte war gelb. Ich legte mich auf sie, den Kopf an ihre Schulter. Sie roch nach Schweiß. Ich wollte sie küssen, sie drehte den Kopf zur Seite. Ich lag auf ihr.
– Willst du nun, oder nicht? sagte sie irgendwann.

Sie griff mir zwischen die Beine. Ich stand auf und zog mich an.

– Mußt ja nicht, wenn du nicht willst, sagte die Nutte.

An der Wohnungstür gab ich dem Mann das Geld. Ich hob die Mundwinkel. Er hatte die Zunge zwischen den Lippen, während er das Geld zählte. Er öffnete die Haustür. Ich überlegte, wie ich ihn berühren konnte. Er legte die Hand zwischen meine Schulterblätter und schob mich hinaus. Der Mann unten in der Gasse lächelte und spuckte aus.

– Bis bald, sagte er.

Ich ging schnell bis zur Ampel. Ich wartete, bis die Ampel rot wurde, und legte den Kopf an den Ampelmast. Er war nicht mehr kalt. In einer Pfütze unten war mein Gesicht. Ich öffnete den Mund, als müsse ich brechen. Ich brach nicht. Ich streckte mir die Zunge raus. Zog die Mundwinkel zur Seite und kniff die Augen zu Schlitzen. Ich stellte den Fuß in die Pfütze, in mein Gesicht. Es verschwand nicht. Das Wasser lief mir in den Schuh. Ich sah auf und die Ampel schaltete auf Grün. Ich hielt die Luft an. Die Ampel hielt das Grün länger aus, als ich ohne Luft sein konnte. Ein Paar kam. Er hatte die Hand in ihrer Tasche. Die Ampel schaltete auf Rot. Sie legte den Kopf an seine Schulter. Sie gingen über die Straße. Das Wasser war kalt. Ich nahm den Fuß aus der Pfütze. Ich wollte auf die Uhr sehen, an meinem Arm war keine Uhr. Ich ging in die Gasse zurück. Der mit dem Schnurrbart saß auf den Boden gekauert und sprang auf, als ich kam.

– Noch mal? sagte er.

Ich nickte. Er biß sich auf einen Fingernagel und schaute vor sich zu Boden. Zwischen seinen Füßen hockte eine Taube. Ihr Kopf nickte. Der Schnabel berührte den Boden.

– Geh schon, sagte er.

In der Kirchenluft des Treppenhauses begannen meine Schläfen zu klopfen. Ich stieg die Stufen langsam hinauf. Der Putz an den Wänden war fleckig. Die Flecken waren rußige Kinderhände. Ich klopfte in der Mitte der Zielscheibe. Das Auge im Einschußloch erschien.

– Sie hat schon Besuch.

Das Auge verschwand. Die Luft war nicht mehr zu atmen. Ich spürte den Schimmel sich in meiner Lunge festsetzen. Ich legte die Hand an die Schläfe und klopfte noch einmal.

– Meine Uhr, sagte ich zum Auge.

Das Auge blieb starr und niemand sagte etwas. Ich atmete flach und trotzdem glaubte ich, ein Knistern in meiner Brust zu hören.

– Mach auf. Bitte, sagte ich. Ich hab meine Uhr vergessen.

Das Auge schloß sich und die Tür wurde geöffnet.

– Du mußt warten, sagte der Mann.

Ich hustete und atmete dann tief, bis das Knistern verschwand. Er ging durch einen Vorhang aus Holzperlen. An den Wänden im Flur hingen Fotografien. Ein Junge zieht einen anderen auf einem Schlitten. Zwei Jungen und eine Frau lassen nackt am Strand einen Drachen steigen. Zwei Jungen und eine Frau vor einem Löwenkäfig. Die Bilder waren in Rahmen. Manchmal war das Glas gesprungen. Die Bilder waren schwarzweiß, bis auf eines. Dieses Bild hatte keinen Rahmen, es war mit einer Reißzwecke an die Wand gepinnt. Das Bild eines Mädchens, farbig, ausgeschnitten aus einer Zeitung, das Mädchen lachte und das Bild hatte einen schwarzen Rand.

– Komm hier rein, rief der Mann.

Ich ging durch die Holzperlen. Der Mann saß an einem Holztisch mit gedrechselten Beinen. Auf dem Tisch standen Kaffeetassen, eine Kanne auf einem Stövchen. Der Mann füllte ein Kreuzworträtsel aus.

– Setz dich, sagte er, ohne aufzusehen. Er drehte eine Strähne schwarzen Haars zwischen den Fingern. Hielt die Hand dann still. Auf dem Handrücken war ein Leberfleck. Wie auf meinem.

– Nimm dir Kaffee.

Er sah auf, als ich mir einschenkte.

– Figur der griechischen Mythologie. Kam der Sonne zu nah. Sechs Buchstaben, sagte er.

Pochte mit dem Stift auf die Zeitung. Als wolle er mich prüfen. Ich öffnete den Mund, konnte die Antwort nicht sagen. Er legte den Stift auf die Zeitung. Er löffelte mir Zucker in den Kaffee, rührte um. Ich griff nach dem Löffel. Strich mit dem Daumen über den Leberfleck auf dem Handrücken. Ein kleiner Knoten, der kitzelte an der Fingerspitze. Er zog die Hand zurück und schaute auf die Uhr.

– Nicht mehr lange, sie ist gleich fertig, sagte er.

Der Kaffee war so süß, daß ich ihn kaum schlucken konnte. Der Mann nahm den Stift und schrieb Buchstabe für Buchstabe. Ich sah nur auf den Leberfleck, wie er das Wort in die Luft schrieb.

– Herz, sagte eine schwammige Männerstimme im Flur. Einen Kuß nur, Herz.

– Ich küsse nicht, sagte die Nutte.

Der Mann stand auf und ging durch die Holzperlen.

– Zwanzig noch, hörte ich ihn sagen. Und: Mach die Hose zu und verschwinde.

Der Mann und die Nutte kamen in die Küche. Die Nutte zog ihren Morgenmantel zu und der Mann schenkte ihr Kaffee ein. Die Nutte legte meine Uhr auf den Tisch. Sie löffelten Zucker in den Kaffee und rührten.

– Was willst du noch, sagte der Mann.

– Bring ihn doch raus, sagte die Nutte.

An der Tür streckte ich dem Mann die Hand hin. Er nahm sie nicht. Ich strich ihm über den Oberarm.

– Bist immer herzlich willkommen, sagte er und schloß die Tür.

Ich rannte mit angehaltenem Atem durchs Treppenhaus. Der mit dem Schnurrbart kauerte und stand auch nicht auf, als ich kam. Die Taube hatte den Kopf in den Dreck gelegt und einen Flügel ausgestreckt.

Ich sah auf die Uhr. Die Zeiger zitterten zwischen den Stunden. Die Lichter der Ampel waren schwarz. Ich ging in die Mitte der Straße und sah hinauf zum Platz am anderen Ende. Vor dem dunkelgrauen Himmel saß ein schwarzer Mann auf einem schwarzen Pferd und reckte die Arme in die Luft. Ich hockte mich hin und drückte die Hände auf den Asphalt. Ich wartete, daß der Mann die Hände senkte und auf mich zuritt, aber er blieb starr. Ich ging am Bordstein entlang, immer auf den Mann zu. Als ich vor ihm stand, hätte ich gern seinen Hut gehabt. Der Hut war dreieckig und hatte eine schwarze Feder unter der Borte und war so groß, daß ich hätte darunter kriechen können. Das Pferd zeigte die Zähne, das Zaumzeug schnitt ihm tief in die Wangen, die Augen waren verdreht, in seiner Flanke steckte ein Speer. Der Mann hatte die Zügel in den Händen, riß sie hoch in die Luft. Er hatte den Kopf im Nacken. Er schrie nicht. Er war stumm und hörte nicht auf zu sterben.

5

Gollner schließt Jaders Spind auf. Jader und Daniel sitzen sich auf ihren Betten gegenüber. Gollner zieht die Katze aus den Hosen und Hemden und hält sie am Schwanz. Er läßt sie schwingen wie ein Pendel.

– Guten Morgen, Else, sagt er und läßt sie auf den Boden klatschen.

– Komm her, mein Kätzchen, sagt Jader.

Gollner versetzt der Katze einen Tritt, und sie fliegt gegen Jaders Brust. Jader streicht der Katze über den Kopf. Er krault sie unter dem Kinn. Er setzt sie auf das Kopfkissen.

– Guten Morgen, Herr Gollner, sagt er. Heute ein blaues Hemd, bitte, und die passende Hose dazu.

Gollner wirft ihm die Sachen hin. Er öffnet Daniels Spind. Daniel sieht, wie sich die Katze zusammenrollt und in das Kissen sinkt. Er reibt sich die Arme. Gollner wirft Daniel die Sachen in den Schoß.

– Du mußt ihm beibringen, wie man ein Bett bezieht, sonst geht er dir ein, sagt Jader.

– Steh auf, sagt Gollner und legt Daniel die Hand in die Haare.

Die Katze schiebt den Kopf unter die Pfote.

– Ich bin nicht deine Mutter. Ich zeigs dir nur einmal, sagt Gollner.

– Schau dorthin! ruft Jader.

Daniel starrt auf Gollner, der mit drei Handgriffen das Bett macht. Die Katze schnurrt laut. Gollner streicht Daniel die Haare glatt.

– Er braucht einen neuen Haarschnitt. Das machst du heute nachmittag, sagt er zu Jader.

– Bin ich denn seine Mutter? fragt Jader.

– Nein, aber Friseur.

Die Katze hat sich auf den Rücken gewälzt. Jaders Hand krault ihr den Bauch, packt dann zu, die Katze kreischt.

– Scher dich auf deine Seite! schreit Jader.

Gollner bringt Daniel in den Tagesraum.

– Du wartest hier, bis die anderen vom Frühsport zurück sind, sagt er, schließt das Gitter und geht.

Am Fenster steht das dicke Mädchen und schaut hinaus. Daniel setzt sich an einen Tisch. Das Mädchen atmet die Scheibe blind.

– Sie sagen, ich soll Sport treiben, aber zum Frühsport lassen sie mich nicht, sagt sie.

Sie malt eine Blume in den blinden Fleck. Sie kommt zu Daniel an den Tisch.

– Ich hab dreiundzwanzig Kilo Übergewicht, hat der Oberarzt gesagt. Ich soll Sit-ups in meinem Zimmer machen.

Daniel sieht die rote Strieme in ihrem Gesicht, er steht auf und geht zum Fenster. Draußen laufen die Hellblauen Runden im Schnee, während die junge Frau mit dem roten Stirnband den Takt auf einem Tamburin schlägt.

– Redest du nicht mit mir, bin ich dir zu fett? ruft das Mädchen.

Daniel wischt die Blume von der Scheibe. Er dreht sich um, das Mädchen hat die Hände in die Hüften gestemmt.
– Sags doch einfach! ruft sie.
– Was hast du mit deinem Gesicht gemacht? fragt Daniel.
– Ich wollte mir ein Kreuz draufritzen, aber Gollner hat mich gestört. Deshalb darf ich nicht zum Frühsport.
– Warum ein Kreuz?
– Warum denn kein Kreuz, verdammt!
Daniel sieht wieder aus dem Fenster. Unten steht Jader mit gebeugtem Rücken, und die anderen springen Bock über ihn. Das Mädchen ist jetzt auch ans Fenster gekommen. Unten springt gerade die dicke Frau über Jader. Jader und die Frau fallen in den Schnee.
– Meine Mutter ist auch zu fett! schreit sie.
Jader steht auf und bewirft die immer noch am Boden liegende Frau wütend mit Schnee. Die Frau zieht ihm die Beine weg. Das Mädchen lacht aus vollem Hals und schlägt mit der Hand gegen die Scheibe. Die Mutter winkt ihr, während die Frau mit dem roten Stirnband Jader zurückhält. Daniel sagt seinen Namen.
– Was? sagt das Mädchen.
– So heiß ich.
– Und findest du mich fett?
– Ja.
– Arschloch! schreit das Mädchen und wirft einen Stuhl um.
Am Gitter erscheint Gollner, er tritt mit dem Fuß dagegen.
– Reiß dich zusammen, Janine! schreit er.
– Er hat –
– Es interessiert mich nicht!

Daniel stellt den Stuhl auf.

– Dein Name gefällt mir, sagt er zum Mädchen.

– Deiner ist beschissen! Du bist beschissen! schreit sie.

Gollner schließt das Gitter auf.

– Herkommen! sagt er.

– Warum müssen Sie sich immer einmischen! Warum trinken Sie nicht weiter Kaffee, Gollner! schreit das Mädchen.

– Halts Maul! Herkommen! schreit Gollner.

Das Mädchen dreht sich zum Fenster, behaucht die Scheibe. Im Hof stehen sich Jader und die Mutter gegenüber, die junge Frau zwischen ihnen. Sie greift die Hände der beiden und führt sie zusammen. Jader lächelt. Die Frau schaut zum Mädchen herauf. Daniel malt eine Blume an die behauchte Scheibe. Die Mutter spuckt Jader ins Gesicht.

– Ich zähle bis drei, sagt Gollner.

Jader gibt der Mutter eine Ohrfeige, sie greift ihm in die Haare und zieht seinen Kopf an ihre Brust. Die junge Frau versucht, sich zwischen die beiden zu drängen.

– Eins, sagt Gollner.

Jader stößt mit der Schulter gegen die Brust der jungen Frau. Sie fällt in den Schnee. Jader umklammert die Mutter, zieht sie ganz nah an sich heran. Die Mutter läßt sein Haar los. Sie versucht, Jader von sich zu schieben. Er hält sie fest.

– Zwei, sagt Gollner.

Das Mädchen schlägt mit der Faust gegen die Blume an der Scheibe. Die Scheibe dröhnt dumpf. Unten nehmen zwei Pfleger Jader und zwei Pfleger die Mutter an den Armen. Sie zerren sie auseinander. Daniel legt dem Mädchen die Hand auf die Schulter.

– Faß mich nicht an! schreit das Mädchen.

– Drei, sagt Gollner.

Daniel läßt die Hand auf der Schulter des Mädchens. Sie bewegt sich nicht. Gollner kommt. Er faßt Daniels Arm am Handgelenk. Daniel hält sich am hellblauen Hemd des Mädchens fest. Gollner zerrt am Arm, das Hemd rutscht von der Schulter des Mädchens.

– Faß mich nicht an, schreit das Mädchen und bewegt sich nicht.

– Schluß jetzt! schreit Gollner.

Der Stoff des Hemds reißt. Auf der Schulter hat das Mädchen ein Muttermal. Lila, von der Form einer Pflaume. Daniel tritt gegen einen Stuhl, er kracht gegen die Wand und zerbricht. Das Mädchen zieht sich den Stoff über die Schulter.

Daniel sitzt auf der Pritsche im weißen Zimmer und trägt hellblaues Papier. Seine Zehennägel sind kurz und rund. Gollner stößt mit der Schuhspitze gegen Daniels Fuß.

– Schau mich an, sagt Gollner.

Daniel schaut auf. Gollner hat die Hände hinter dem Rücken verschränkt.

– Tätlichkeit gegen Mitpatienten gibt Isolation. Tätlichkeit gegen Mitarbeiter gibt Isolation. Sachbeschädigung gibt Isolation. Den Stuhl bezahlst du, wenn du irgendwann in der Arbeitstherapie mal Geld verdienst. Das hier ist kein Affenhaus, sagt Gollner.

Er hebt die Hand. Daniel lehnt sich zurück.

– Du hast eine Frisur wie ein Affe, sagt Gollner und greift Daniel in die Haare.

Die Tür öffnet sich. Gollner zieht die Hand zurück.

– Herr Doktor, sagt Gollner. Hab dem Jungen gerade erklärt, warum er hier ist.
– Gut. Ich möchte auch noch einmal mit ihm sprechen.
– Ich glaube nicht, daß das jetzt Sinn macht. Der muß erstmal kapieren, wo er hier ist.
– Vielen Dank, Herr Gollner. Ich rufe Sie, wenn ich Sie brauche.

Der Arzt tritt von der Tür zur Seite. Er steckt die Hände in die Kitteltaschen. Gollner lächelt und geht hinaus.

– Das ist eine Isolationszelle, die Tür hat geschlossen zu sein, sagt er und schlägt die Tür zu.

Daniel nimmt die Füße auf die Pritsche und umschlingt die Knie mit den Armen. Er legt den Kopf auf die Knie. Er schließt die Augen. Er hört die Schritte des Arztes. Der Arzt setzt sich auf die Pritsche neben ihn. Es ist still. Der Arzt ist nicht verschwunden. Daniel öffnet die Augen und hebt den Kopf. Der Arzt hat einen kleinen Stein auf der ausgestreckten Hand.

– Der sieht aus wie eine Zunge, finden Sie nicht auch, sagt der Arzt.

Daniel nimmt den Stein von der Hand. Er macht eine Faust um den Stein.

– Eine abgeschnittene Zunge spricht nicht, sagt er.

Der Arzt steht auf. Er steckt die Hände wieder in die Kitteltaschen.

– Wir werden jetzt drei Mal in der Woche eine Stunde lang miteinander sprechen, sagt er und geht.

Die Tür schließt sich ohne ein Geräusch. Daniel hält die Faust ans Ohr und schaut hinauf zum schwarzen Auge über ihm. Vom Stein geht Wärme aus.

6

Die Schwester in der hellblauen Strickjacke saß vor dem Monitor und rauchte. Sie bot mir eine Zigarette an, ich schüttelte den Kopf. Daniel starrte in die Kamera, er hatte die Faust mit dem Zungenstein ans Ohr gelegt.
– Was haben Sie ihm da gegeben? fragte die Schwester.
Sie schob mir einen Zettel hin. Isolationsprotokoll. Patient Daniel Kamp. Tätliche Handlung gegen eine Mitpatientin. Sachbeschädigung. Feststellung der Isolationstauglichkeit durch OA Tanner. 8.30 Uhr Überführung in Isolation durch Stationspfleger Gollner. Patient entkleidet. Belehrung durchgeführt. 8.45 Uhr Patientengespräch durch Dr. Walser.
– Was haben Sie ihm gegeben? Tragen Sie es dort ein, sagte die Schwester.
Daniels Lippen bewegten sich.
– Er fängt schon wieder an zu spinnen. Schreiben Sie: Übergabe eines –. Unterschrift.
Ich mußte husten im Rauch. Was willst du von mir, hörte ich Daniels Stimme sagen. Übergabe eines Steins, schrieb ich. Die Schwester fuhr mit der Zigarettenhand die Worte entlang. Asche fiel aufs Papier. Gollner kam. Die Schwester lachte.
– Übergabe eines Steins, sagte sie.
Gollner blies die Asche von den Worten. Daniel ließ die Faust in den Schoß sinken. Seine Lippen bewegten sich weiter. Du weißt doch gar nichts, sagte seine Stimme.

– Das unterschreiben Sie aber noch, sagte Gollner und klopfte mit dem Zeigefinger auf das Papier.
Ich schrieb meinen Namen. Gollner stieß Luft durch die Nase aus.
– Kommen Sie, wir müssen zur Dienstbesprechung, sagte er.
Daniel hatte sich hingelegt. Die Lippen zusammengekniffen. Laß mich in Ruhe, sagte seine Stimme.

Der Oberarzt saß hinter seinem Schreibtisch, der voll Akten war. Davor waren Stühle in zwei Reihen aufgestellt. Die junge Frau vom Hof gab jedem, der in den Raum kam, eine Tasse Kaffee in die Hand. Sie lächelte, als sie mich sah.
– Mit Milch und Zucker, sagte ich und lächelte zurück.
– Nehmen Sie sichs doch selbst, sagte sie.
Sie trug immer noch das rote Stirnband. Ich streckte ihr die freie Hand hin und sagte meinen Namen. In der einen Hand hatte sie die Kanne, in der anderen eine Tasse.
– Sie verschütten den Kaffee, sagte sie.
Ich goß den Kaffee von der Untertasse zurück in die Tasse. Der Löffel fiel zu Boden. Sie stellte Kanne und Tasse beiseite und hob ihn auf.
– Maria Wilhelm. Ich bin die Sporttherapeutin hier, sagte sie und legte den Löffel zurück auf meine Untertasse.
– Können wir jetzt anfangen? Bringen Sie mir noch etwas Zucker mit, sagte Tanner.
Ich wollte nach dem Zucker greifen, der Löffel rutschte wieder zu Boden. Maria lachte.
– Gut, daß du kein Chirurg geworden bist, sagte sie. Setz dich.

Es waren nur noch zwei Plätze in der zweiten Reihe frei. Die meisten der Anwesenden trugen weiße Kittel, ein Mann hatte einen Blaumann an, eine ältere Frau eine rosa Kittelschürze. Maria stellte Tanner die Zuckerschale auf den Tisch und setzte sich neben mich.

– Na endlich, sagte Tanner und löffelte Zucker in seinen Kaffee. Zuerst soll ich Sie alle von der Chefärztin grüßen, der Kongreß sei überaus interessant, sie wird uns nach ihrer Rückkehr ausführlich berichten.

Er zog den Mund breit und alle lachten. Dann sollte ich mich vorstellen, als der neue Kollege.

– Bleiben Sie doch sitzen, sagte Tanner.

– Vor diesem Herrn Lehrer müssen Sie nicht stehen, junger Mann, sagte die Frau in der rosa Kittelschürze.

Wieder lachten alle. Ich setzte mich und sagte meine paar Lebensdaten und sah dabei auf Marias Hände hinab. An den Nagelbetten waren kleine Wunden. Als ich fertig war mit meiner Biographie, sagte Tanner:

– Dann mal viel Freude hier. Haben sich auch genau den richtigen Tag ausgesucht. Vier Patienten schon vor dem Frühstück in der Iso. Wie erklären Sie sich das, Fräulein Wilhelm?

Marias Hände verschränkten sich. Ich sah auf. Maria wollte etwas sagen. Tanner lächelte und redete weiter:

– Wie lange sind Sie jetzt hier? Wann wird Ihnen klar, daß Bockspringen für diese sozialen Embryos nicht das Richtige am frühen Morgen ist? Schreiben Sie sichs doch einfach mal in ihr Muttiheft: Ich provoziere keine Situationen, die ich nicht beherrschen kann, sonst krieg ich vielleicht eins auf die Schnauze.

Er schlürfte einen Schluck Kaffee. Maria schob den Daumen in den Mund.
– Jetzt nicht heulen, merken Sie es sich einfach.
– Ich heule nicht, Herr Oberarzt.
– Um so besser. Ihr Kaffee ist übrigens vorzüglich, den werden Sie uns jetzt jeden Tag kochen. Die Iso für die vier bleibt nur bis zum Nachmittag, das reicht. Sonst noch Fragen?
Er trank seinen Kaffee in einem Zug.
– Dann packen wirs!
Marias Daumen blutete.

In meinem Arbeitszimmer schlug ich Daniels Akte auf. In einer Klarsichthülle waren die Zeitungsartikel. Zehn oder fünfzehn Stück. Die Überschriften meistens rot. Ich blätterte die Artikel durch. Daniels Gesicht mit einem schwarzen Balken über den Augen. Kathrin, elf Jahre alt, mit einem Welpen auf dem Arm. Der Welpe leckt ihr Gesicht. Daniel lächelt. Der Mörderengel auf der Anklagebank. Die Hände, die ein Mädchen getötet haben, in Handschellen. Er lächelt. 200 Menschen stehen jeden Verhandlungstag vor dem Gericht Schlange. Sie zahlen Eintritt. Sie stellen sich früh an, ziehen eine Platzkarte und verkaufen sie für 30 Euro am hinteren Ende der Schlange. Der Mörderengel hat blondes Haar und einen kleinen Leberfleck auf der Wange. Er sieht jünger aus, als er ist. Er sieht aus wie sechzehn oder siebzehn. Er hat das Gesicht und den Körper eines Kindes. Er ist eine tickende Zeitbombe, jederzeit wieder fähig zu töten. Kathrin war das Nachbarmädchen. Als kleiner Junge konnte der Mörderengel den ganzen Tag damit zubringen, sie in ihrem Kinderwagen den Hof auf und ab zu schieben. Der Mörderengel war in das Nachbarmädchen verliebt. Einem Freund erzählte er, er würde sie so gern küssen. Irgendwann fand Kathrin ihr Hundebaby tot auf der Kellertreppe. Er hat alles für Kathrin getan, er hat ihr Bonbons und Schokolade gekauft und sie versteckt, wenn einer ihrer Brüder sie schlagen wollte. Kathrins Bild, farbig, sie lacht, das Bild hat einen schwarzen Rand.

Es klopfte.

– Ja, sagte ich.

Maria kam herein. Sie drückte den Knopf an meinem Schreibtisch, und über der Tür begann die grüne Lampe zu leuchten. Sie nahm einen der Zeitungsartikel. An ihrem Daumen war schwarzer Grind.

– Zwölf Uhr gehen wir mittagessen. Kommst du mit? fragte sie.

Ich nickte.

– Steckt ihn in einen Sack und schlagt mit dem Knüppel drauf, so treibt man dem Engel den Satan aus, las sie vor.

Ich nahm ihr den Artikel aus der Hand. Ein Bild von Daniels Mutter. So treibt man dem Engel den Satan aus, das hatte sie gesagt. Maria drückte den Knopf am Schreibtisch, und die grüne Lampe verlosch.

Die Kantine war in einer Baracke neben dem Küchengebäude untergebracht. Auf der Pflastersteinstraße kam uns ein Hellblauer entgegen. Ein alter Mann mit einer Plastiktüte in der Hand. Er öffnete die Tüte und hielt sie Maria dicht vors Gesicht.

– Nur zwei Äpfel, sagte er.

– Ist ja gut, Herr Schneider, sagte Maria.
Er faßte mich am Arm. Maria gab ihm einen Klaps auf die Hand, und er ließ mich los.
– Essen Sie den Fisch, ich habe den Kartoffelbrei für den Fisch gemacht, sagte er.
– Machen wir, sagte Maria.
– Aber der Doktor auch, er soll mir sagen, wie der Kartoffelbrei geschmeckt hat. Lassen Sie sichs schmecken, Herr Doktor.
Er hielt mir die Hand hin, zog sie zurück, bevor ich sie nehmen konnte, und ging.
– René Schneider, arbeitet in der Küche. Stiehlt mit Vorliebe Coladosen, die er dann meistbietend an die ohne Ausgang verkauft, sagte Maria.
– Warum ist er hier? fragte ich.
– Hat gemeint, die Welt von den Irren säubern zu müssen.
Ein Auto hupte hinter uns und wir gingen zwischen die Bäume. Der Oberarzt ließ die getönte Scheibe herunter.
– Fahren Sie mit? fragte er.
Ich wollte die Tür öffnen. Maria hielt mich am Handgelenk.
– Wir laufen die hundert Meter, sagte sie.
Die Scheibe hob sich langsam wieder nach oben, und vor das Gesicht des Oberarztes schoben sich Marias und mein Gesicht. Das Auto fuhr davon.
– Manche stehen hier auf kleine Mädchen. Aber die meisten hier wollen kleine Jungs, sagte Maria.
Das Auto des Oberarztes hielt vor der Kantine. Maria ließ mein Handgelenk los, es fühlte sich kalt an ohne ihre Hand. Der Oberarzt wartete vor der Tür zur Kantine, bis wir ankamen. Er hielt uns die Tür auf. In einer Vitrine standen

Teller mit kaltem Essen. Grützwurst. Erbseneintopf. Fisch
mit Kartoffelbrei. Die Küchenfrau trug eines grünes Netz
über den grauen Haaren.
– Du willst Grützwurst, sagte sie zum Oberarzt.
Der Oberarzt nickte.
– Sei nicht immer so geizig, sagte er.
Die Küchenfrau tat eine weitere Kelle auf.
– Noch eine, sagte der Oberarzt.
– Du wirst fett, mein Junge, sagte sie.
– Ich habe Hunger! Mach, was dir gesagt wird! rief der
Oberarzt.
Die Küchenfrau tat auf. Stellte den Teller auf die Theke.
Sie streichelte über die Hand des Oberarztes, als der nach
dem Teller griff. Der Oberarzt zog die Hand mit einem Ruck
zurück. Die Küchenfrau hielt sich an der Theke fest. Der
Oberarzt gab ihr einen Klaps auf die Hand und ging.
– Bis morgen, rief sie ihm hinterher.
An einem Tisch in der Ecke saßen die Frau in der rosa Kittelschürze und der Mann im Blaumann. Die Frau zog einen Stuhl vom Tisch. Der Oberarzt schüttelte den Kopf. Die Frau hob den Zeigefinger und lockte ihn.
– Mein Gott! rief der Oberarzt. Laßt mich doch in Ruhe!
Er setzte sich an den Nachbartisch. Die Frau in der rosa Kittelschürze sah zur Küchenfrau. Die beiden sahen sich ähnlich wie Zwillinge. Die Frau in der rosa Kittelschürze zuckte mit den Schultern. Die Küchenfrau kniff die Lippen zusammen. Der Mann im Blaumann zog die Frau in der rosa Kittelschürze auf ihren Stuhl.
– Laßt ihn doch einmal in Ruhe essen! sagte er. Mahlzeit! rief er zum Oberarzt hinüber.

– Einmal den Fisch bitte, sagte ich zur Küchenfrau.
– Wer sind Sie denn? sagte sie zu mir.
– Er ist der neue Arzt, Frau Tanner, sagte Maria.
– Und wie heißt er?
Ich sagte meinen Namen. Die Küchenfrau sagte den Namen vor sich hin, dreimal. Dann tat sie das Essen auf.
– Wo ist Ihre Essenmarke? sagte sie.
– Ich habe noch keine.
Die Küchenfrau nahm den Teller von der Theke.
– Tut mir leid, sagte sie.
– Verdammt! schrie der Oberarzt.
Er war aufgestanden. Er schlug mit der Faust auf den Tisch, so daß die Grützwurst spritzte.
– Gib ihm das Essen! schrie er.
– Tut mir leid, sagte die Küchenfrau und stellte den Teller wieder auf die Theke.
Ihre Hand zitterte. Die Frau in der rosa Kittelschürze wollte aufstehen, aber der Mann im Blaumann hielt sie fest. Ich ging zu einem freien Tisch.
– Hier ist auch Platz, sagte der Oberarzt.
Ich setzte mich zu ihm. Wünschte ihm Guten Appetit. Er nickte und aß stumm. Maria kam an den Tisch und setzte sich.
– Reg dich doch nicht auf, sagte sie.
Der Oberarzt warf die Gabel auf den Teller. Er hatte die Augen weit aufgerissen und starrte Maria an.
– Entschuldigung, sagte sie. Regen Sie sich doch nicht auf, Herr Oberarzt Tanner.
Sie lächelte. Der Oberarzt schüttelte den Kopf. Aß stumm seinen Teller leer. Dann lehnte er sich zurück. Die Küchenfrau räumte den Teller ab. Der Oberarzt legte seine Hand

auf Marias Oberschenkel. Sie ließ ihren Löffel fallen. Nahm seine Hand, legte sie auf den Tisch. Aß weiter. Der Oberarzt stand auf, rannte nach draußen, knallte die Tür zu.
– Was fällt dir ein! rief die Küchenfrau.
– Privates und Berufliches wird nicht vermischt. Das sagt er doch immer, sagte Maria.
– Flittchen! sagte die Frau in der rosa Kittelschürze.
– So eine widerliche Schlampe! sagte der Mann im Blaumann.
Zwei Ärzte kamen herein. Lachten laut. Sie holten sich ihr Essen und setzten sich zu uns an den Tisch.
– Wenn du nicht sofort aufhörst, Saxophon zu spielen, werde ich noch wahnsinnig! sagte der eine.
– Ich hab schon vor einer Stunde aufgehört! rief der andere.
Sie brüllten vor Lachen. Dem einen tropfte Kartoffelbrei aus dem Mund. Maria stand auf.
– Abräumen! rief die Frau hinter der Theke.
Maria ging hinaus. Ich räumte unser Geschirr ab und folgte ihr.

Maria wartete vor der Tür. Sie hakte sich bei mir unter.
– Komm mit, sagte sie.
Wir gingen einen kleinen, gewundenen Weg durch den Krankenhauspark zum See. In einer gelben Wiese waren Flecken grauen Schnees, sie fiel zum Wasser hin ab. Maria setzte sich.
– Das ist mein Lieblingsplatz hier, sagte sie.
Der See war eine graue Stahlplatte. Am anderen Ufer war ein kleiner Birkenwald, dahinter schauten zwei große

Schornsteine hervor. Sie rauchten nicht. Zwischen den Schornsteinen stand fahl die Sonne. Maria klopfte neben sich auf den Boden. Ich zog den Kittel aus, faltete ihn zusammen und setzte mich neben sie. Sie starrte auf den See.
– Stell dich mit der Küchenfrau gut. Das ist die Mutter des Oberarztes. Weiterhin darfst du es dir nicht mit der Beschäftigungstherapeutin verscherzen, das ist seine Tante. Der Arbeitstherapeut ist sein Onkel. Es gibt hier noch mehrere Cousins und Cousinen und entfernter Verwandtes, das bekommst du schon noch mit.
Ich verschränkte die Arme, mir war kalt. Sie stand auf und ging zum Ufer hinunter, warf einen flachen Stein. Er versank, ohne zu springen.
– Zu mir mußt du natürlich auch nett sein. Mit mir schläft er, sagte sie, als die Wellen verschwunden waren.
Ich stand auf und zog den Kittel an.
– Du bist ganz schmutzig, sagte sie.

Daniel auf dem Monitor schlief.
– Wir können ihn jetzt wieder rauslassen, sagte ich zur Schwester in der hellblauen Strickjacke.
– Ach ja? sagte sie.
– Anweisung des Oberarztes, sagte ich.
Sie schob mir das Protokoll hin. 14.00 Uhr Isolierung aufgehoben, schrieb ich. Unterschrift. Die Schwester sperrte mir die Tür zur Zelle auf. Daniel lag zusammengerollt, die Knie an die Brust gezogen. Ich rüttelte ihn an der Schulter. Er schreckte auf. Er lächelte, die Augen zusammengekniffen. Wie in der Zeitung. Wie auf der Anklagebank. Der Mörder-

engel. Eine Träne in der Rinne neben der Nase. Ich spürte die Knochen seiner Schulter. Das Papier über der Schulter war zerrissen.
– Sie können jetzt wieder auf Ihr Zimmer, sagte ich.
Er setzte sich auf. Wischte die Träne weg. Mein Daumen lag auf seinem Schlüsselbein. Ich spürte seine warme Haut. Im Schoß lag seine Faust. Er schob einen Daumen zwischen die Lippen.

Am Abend saß ich am Boden vor dem Fernseher. Ich goß mir ein weiteres Glas Wein ein und spulte die Kassette zurück. Noch einmal diese Szene:
In der ersten Reihe schreit eine Frau.
– It's my birthday. Sing Welcome to my world for me.
Er schaut zu ihr hinunter. Singt die ersten drei Worte. Welcome to my. Bricht ab. Wischt sich mit einem Taschentuch die Stirn ab, wirft es der Frau zu. Sie drückt es an sich. Er geht zur anderen Bühnenseite.
– Ah ... a song we recorded ah ... six ... eighteen years before ... Yes, I love you too, honey ... it's called ...
Noch einmal zurück.
– Yes, I love you too, honey.
Pause. Elvis' Augäpfel sind nach oben gedreht. Die Lider halb geschlossen.
Ich trank Wein. Über dem Fernseher hing ein Bild in einem Rahmen. Der junge Elvis, die Haare kurz, ohne diese Tolle. Nackter Oberkörper. Er sitzt rittlings auf einem Stuhl, den Kopf auf den Arm gelegt.
Zurück. Wiedergabe.

– Yes, I love you too, honey ... it's called ... it's called ...
Die Band beginnt zu spielen. Er singt zu schnell. Die Musiker gleichen sich seinem Tempo an.
– Smile! ruft er. Fängt an zu lachen.
Pause.
Wieder ist nur das Weiße seiner Augen zu sehen. Das Gesicht hat kaum noch Konturen. Nur zwei tiefe Falten links und rechts neben der Nase. Schnitte im aufgeblähten Fleisch.
Wiedergabe.
– My first movie was called Love me tender.
Er lacht ununterbrochen, während er das Lied singt, wirft Schals ins Publikum. Die Mädchen kreischen.
Das war sein letztes Konzert. Fettleber. Deutliche Vergrößerung der linken Herzkammer. Starke Arteriosklerose in den Herzkranzgefäßen. Aufblähung des Enddarms. Ich hatte einen Obduktionsbericht im Internet gefunden.
Pause.
Die weiße, schweißige Haut leuchtet im grellen Scheinwerferlicht.
Ich trank das Glas Wein in einem Zug. Zog mich nackt aus. Ich legte mich auf den Rücken. Meine Haut klebte am Parkett.
Wiedergabe.
Noch immer Love me tender.
Ich schloß die Augen. Versuchte an den jungen Elvis zu denken. Die Hand zwischen meinen Beinen. Ich machte es schnell. Never let me go. You have made my life complete. And I love you so. Ich setzte mich auf.
Eine Frau reißt an den Ringen an Elvis' Hand.

Das Telefon klingelte. Ich griff nach dem Hörer, warf das Glas um dabei. Es zerbrach laut klirrend. Ich stellte das Band aus, nahm ab. Es war Maria.

– Konrad, bist du es? Ich hab deine Nummer aus dem Telefonbuch.

Sie begann zu weinen. Ich fragte, was mit ihr sei.

– Tanner, du weißt doch, wegen heute beim Essen.

– Nein, was ist denn?

Sie weinte. Ich wußte nichts zu sagen. Ich wartete.

– Tut mir leid, daß ich dich gestört habe, sagte sie.

– Nein. Macht nichts. Überhaupt nichts.

– Bis morgen dann.

Sie legte auf. Ich behielt den Hörer am Ohr, bis das Tuten zu hören war. Ich legte mich zurück. Ich spürte eine Scherbe an meinem Oberarm. Aus dem Hörer kam regelmäßiges Tuten.

7

Daniel hält die Faust mit dem Stein an die Brust gepreßt. Er schließt die Augen. Durch die Lider ist das weiße Licht orange. Er streicht Kathrin mit dem Zeigefinger von der Stirn über die Lippen zum Kinn, über den Hals zur Grube hinter dem Schlüsselbein. Sie wacht auf. Sie liegen auf der rotblaukarierten Decke auf dem kleinen Stück Rasen hinter dem Haus. Das Gras ist gelb, der Himmel blau. Er fährt mit dem Zeigefinger den Rand des T-Shirts entlang, dann darunter.
– Was machst du? fragt sie.
Er kratzt mit dem Fingernagel über ihre flache Brust, bis zu der kleinen, harten Erhebung.
– Das tut weh, sagt sie.
An ihrem Kinn ist eine Stelle rotschwarzen Grinds.
– Schlaf weiter, sagt er.
– Hör auf, sagt sie.
Er zieht die Hand aus dem T-Shirt, legt sie an ihr Kinn. Der Daumen kratzt am Grind. Jemand rüttelt Daniel an der Schulter. Das weiße Licht ist so grell, daß die Augen tränen.
– Sie können jetzt wieder auf Ihr Zimmer, sagt der Arzt.
Daniel setzt sich auf. Die Hand des Arztes liegt auf seiner Schulter. Der Stein in der Faust ist kalt wie Daniels Hand. Daniel schiebt den Daumen in den Mund, fährt mit der Zunge unter den Nagel. Schmeckt Salz. Der Daumen des Arztes bewegt sich langsam, einmal hin und einmal her.

Gollner kommt herein. Der Arzt zieht die Hand zurück.
- Ich bring ihn jetzt fort, sagt Gollner.

Er nimmt Daniel am Arm, zieht ihn von der Pritsche. Der Stein fällt klackend auf die Fliesen. Der Arzt hebt ihn auf und läßt ihn in die Kitteltasche gleiten.

- Müssen Sie aber notieren, daß das Ding wieder bei Ihnen ist, sagt Gollner und nimmt Daniel mit sich hinaus.

Jader wird eine Stunde später in das Zimmer gebracht. Daniel steht am Fenster.

- Besten Dank für Ihre Hilfe, Herr Gollner. Einen schönen Feierabend, und grüßen Sie Ihre Frau, sagt Jader.
- Essen gibts für euch heute auf dem Zimmer, sagt Gollner und geht.

Jader legt sich aufs Bett, schiebt sich die Katze in den Nacken und schließt die Augen. Daniel sieht auf den Hof. Unten kommt der Arzt aus dem Haus.

Ein Tor schwebt beiseite, der Arzt geht hindurch, das Tor schließt sich. Einen Augenblick lang ist der Arzt gefangen zwischen den beiden Zäunen, dann öffnet sich das zweite Tor, der Arzt geht nach draußen. Er verschwindet hinter den Zäunen. Daniel setzt sich aufs Bett. Jaders Lider zittern.

- Schau woanders hin, sagt Jader. Schau mich nicht an.

Daniel geht zurück zum Fenster. Draußen sind der schneebedeckte Hof und zwei Zäune. Im Zimmer ist Jaders Atmen.

- Wer ist das dicke Mädchen? fragt Daniel.

Jaders Atem macht zwei Stöße, dann ist er wieder gleichmäßig. Die Katze unter seinem Kopf ist eingeklemmt und kann sich nicht bewegen. Jader öffnet die Augen.

– Schau mich nicht an, verdammt! ruft er.
Er setzt sich auf. Daniel setzt sich auf sein Bett ihm gegenüber.
– Wer ist das dicke Mädchen? fragt er.
– Janine?
– Warum ist sie hier?
Jader nimmt die Katze auf den Schoß, hält sie am Nacken und streichelt sie. Die Tür öffnet sich. Ein junger Pfleger bringt zwei Teller mit belegten Broten und stellt sie auf den Tisch.
– Wohl bekomms, sagt er und will gehen.
Jader steht auf, wirft die Katze aufs Bett. Sie rollt sich zusammen und schiebt den Kopf unter die Pfoten.
– Einen Moment, bitte, sagt Jader. Unser junger Freund möchte wissen, warum die Patientin Janine Schwarz in dieser Einrichtung ist. Würden Sie es ihm bitte erklären.
– Es geht ihn einen verdammten Scheißdreck an, sagt der Pfleger und wirft die Tür zu.
Jader setzt sich an den Tisch, zeigt auf den Stuhl gegenüber. Daniel setzt sich. Jader beißt von einem Leberwurstbrot ab, verzieht das Gesicht, läßt das Brot auf den Teller fallen.
– Man kann hier alles essen, aber längst nicht alles wissen, sagt er.
Schiebt seinen Teller beiseite, zeigt auf Daniels. Daniel beißt von einem Leberwurstbrot ab. Das Brot ist trocken, die Wurst bitter. Daniel will das Brot auf den Teller legen. Jader hebt seine Hand an den Mund zurück.
– Iß, sagt er. Man kann hier nicht alles wissen, nicht einfach so.
Daniel kaut.

– Dein Typ ist sie ja nicht gerade, die fette Janine, sagt Jader. Die andere war ein kleines Mädchen, stand in der Zeitung. Der Brei im Mund läßt sich nicht schlucken, läßt sich kaum hinter den Lippen halten. Jader lächelt. Streckt die Hand aus. Wischt mit dem Zeigefinger etwas von Daniels Kinn.

– Du hast das Gesicht eines Engels. Bestialisch haben sie dich in der Zeitung genannt. Wie hast du sie umgebracht? Daniel läuft der Brei aus dem Mund. Er steht auf. Geht zur Tür. Klinkt. Jader kommt auf ihn zu. Nimmt ein Handtuch vom Haken. Wischt Daniel damit durchs Gesicht. Er nimmt ihn am Arm und bringt ihn zum Stuhl zurück.

– Janine hat ihren Vater erstochen. Mit der Mutter zusammen. Wie hast du die Kleine umgebracht? Was ist bestialisch?

Daniel spürt, wie sein Körper zurücksinkt. Er umfaßt die Stuhlbeine. Er spürt das Holz kaum in den Händen. Jader ist hinter ihm.

– Janine hat ihren Vater erstochen. Man kann hier nicht einfach alles wissen. Nicht einfach so.

Jader hat die Hände auf Daniels Schultern. Die Hände sind warm und schwer. Die Daumen streichen sanft die Wirbelsäule entlang.

– Faß mich nicht an, sagt Daniel.

Er drückt sich gegen die Stuhllehne, krallt die Finger ins Holz, bis er es spürt. Jader zieht die Hände zurück. Jader ist verschwunden.

– Ich hab sie erwürgt, sagt Daniel in die Stille. Mit ihrem Schal. Der Schal war rot und schwarz. Ich hab den Knoten um ihren Hals fest zugezogen.

Jaders Gesicht taucht auf. Es lächelt.
– Das nennen die also bestialisch. War sie nackt, als sie starb?
Die Tür öffnet sich und der junge Pfleger kommt herein. Er räumt den Tisch ab.
– Keinen Hunger? Warum weint der? fragt er.
– Heimweh, sagt Jader. Ich kümmere mich schon.
– Mir schon klar, daß du dich um den gern kümmerst. Laß es lieber, sagt der Pfleger und geht.
Jader wischt mit der Hand Krümel vom Tisch, wo keine sind.
– Janines Vater war nackt. Er lag besoffen auf dem Schlafzimmerboden. War die Kleine nackt?
Jaders Finger klopfen auf die Tischplatte.
– Sie war nicht nackt, sagt Daniel laut, um das Klopfen zu übertönen.

Von draußen fällt das Licht des Scheinwerfers grell herein. Daniel kann die Augen nicht schließen. Bei jedem Zwinkern ist das Bild auf den Lidern. Drüben auf der anderen Seite liegt Jader mit der Katze auf der Brust.
– Dir gefällt die fette Janine, hatte Jader gesagt, dann schlief er ein.
Daniels Augen brennen, sie fallen zu. Kathrin in der Gasse hinter dem Bahnhof. Die Beine nackt, der blaue Anorak hochgerutscht bis zum Bauch. Den rotschwarzen Schal um den Hals. Kathrins Leiche zeigt ihre Zähne, die Zungenspitze dazwischen. Sonst hat sie kein Gesicht. Daniel hält die Augen mit den Fingern offen. Jader atmet gleichmäßig. Die Katze auf seiner Brust ist tot.

Janine steht schon am Fenster, als Gollner am nächsten Morgen Daniel in den Tagesraum bringt.
– Reißt euch zusammen heute, sonst schlaft ihr diesmal in der Iso, sagt Gollner und geht.
Im Hof laufen sie wieder Runden. Die Sporttherapeutin steht in der Mitte des Kreises und schlägt das Tamburin.
– Es tut mir leid, sagt Daniel.
– Was? fragt Janine.
– Ich habe dich gestern in Schwierigkeiten gebracht.
Sie bläst die Wangen auf. Auf die Wangen sind Kreuze geritzt.
– Für Schwierigkeiten brauch ich dich nicht, sagt sie.
Unten setzt sich die Mutter in den Schnee. Die Sporttherapeutin nimmt sie am Arm, sagt ein paar Worte. Die Mutter steht auf, läuft weiter Runden. Jader klatscht den Takt mit den Händen. Die Mutter zeigt ihm einen Vogel. Daniel setzt sich an einen Tisch. Vor dem Fenster sind nur das Gitter und der graue Himmel. Janine regt sich nicht. Auf dem Tisch steht ein Alpenveilchen.
– Janine, sagt Daniel.
Sie dreht sich um. Er reißt eine Blüte vom Alpenveilchen. Er wirft sie ihr zu. Sie sieht der Blüte nach, wie sie zu Boden fällt.
– Spinnst du, sagt sie. Wenn Gollner das merkt.
Sie hebt die Blüte auf. Kommt zum Tisch. Sie steckt die Blüte in die Hosentasche und setzt sich.
– Wie hast du das gemacht? fragt Daniel.
– Was?
– Die Kreuze.
– Mit den Fingernägeln, sagt sie.

Gollner schließt das Gitter auf und läßt die Patienten in den Tagesraum. Jader geht neben der Mutter. Er sagt etwas. Die Mutter lacht. Sie kommen an den Tisch.
– Der Jader hat mir gerade erzählt, daß der Kleine die ganze Nacht jammert, sagt die Mutter.
– Der Jader ist ein Arschloch, sagt Janine.
– Da hörst dus, sagt die Mutter und schlägt Jader mit der Faust auf den Oberarm.
Jader nimmt das Alpenveilchen vom Tisch. Gollner kommt heran.
– Was ist jetzt schon wieder los? fragt er.
Jader drückt das Alpenveilchen der Mutter in die Hand.
– Ich verpasse der Dame nur ein Veilchen, sagt er.
Die Mutter riecht daran und schließt die Augen dabei. Gollner nimmt ihr die Pflanze aus der Hand und stellt sie auf den Tisch zurück. Er entdeckt den Stengel ohne Blüte, zupft ihn aus der Pflanze. Er zeigt auf Daniel.
– Der Kleine hat immer noch diese Affenfrisur. Das änderst du Gentleman gleich nach dem Frühstück, sagt er.

Jader schneidet Daniel die Haare im Tagesraum. Janine und die Mutter sortieren Schrauben in Tüten. Zwei Männer zerlegen Computerschrott. Die Haare fallen in Büscheln zu Boden.
– Kürzer! sagt Gollner.
Die Mutter stößt Janine mit dem Ellbogen in die Rippen.
– Schon wieder falsch! ruft sie. In jede Tüte gehören zehn kleine Schrauben.
– Noch kürzer! ruft Gollner.
Janine nimmt eine Handvoll Schrauben und läßt sie durch die Finger auf den Tisch rieseln.

– Hier braucht er keinen Pony, sagt Gollner.
Er legt Daniel die Hand auf die Stirn und drückt ihm den Kopf in den Nacken. Janine steht vom Stuhl auf. Daniel hat die Augen geschlossen. Jader hält die Haare zwischen den Fingern. Janine geht auf Jader zu. Jader schneidet die Haare ab und läßt sie zu Boden rieseln.
– Nimm dir den Besen und kehr das Zeug zusammen, sagt Gollner zu Janine.
Daniel öffnet die Augen. Janine streicht ihm über den Kopf. Daniel lächelt.
– Grins nicht so dumm! sagt Janine und zieht die Hand zurück.
Gollner nimmt Jader die Schere aus der Hand und geht. Janine kehrt, die Haare stieben.
– Jetzt siehst du aus wie alle hier, sagt Jader.
Janine wirft die Blüte des Alpenveilchens in den Haufen Haare. Daniel hockt sich hin, neben Haare und Blüte. Sieht zu Janine hinauf. Die erst wegschaut. Sich dann auch hinhockt. Haare und Blüte nimmt. Zwischen den Händen reibt.
– Wachsen ja wieder, sagt Janine.
– Soll ich heute alles alleine machen! ruft die Mutter.
Janine wirft Daniel Blütenblätter und Haare ins Gesicht und lacht. Gollner kommt zurück. Er streicht Daniel über den Kopf, ganz sacht, so daß die Handfläche kaum die Haarspitzen berührt. Daniel spürt ein Stechen in der Kopfhaut.
– Dein Doktor will mit dir reden, Igel, sagt Gollner und nimmt die Hand vom Kopf.
Daniel steht auf. Gollner rührt mit der Fußspitze in den Haaren und den Blütenblättern.
– Wirds heute noch, sagt er zu Janine hinunter.

Er nimmt Daniel am Arm und sie gehen.
– Na wirds denn noch, ruft die Mutter.

Aus dem Zimmer des Arztes kommt Musik. Gollner schlägt mit der Faust gegen die Tür und öffnet sie. Der Arzt sitzt am Schreibtisch über eine Akte gebeugt. Blue moon. You saw me standing alone. Der Arzt stellt hastig die Musik aus. Gollner bringt Daniel zum freien Stuhl am Schreibtisch.
– Rufen Sie mich an, wenn Sie fertig sind, sagt er.
Er drückt einen Knopf am Schreibtisch. Über der Tür leuchtet eine rote Lampe auf.
– Mit Patienten das rote Licht, sagt Gollner und geht.
Der Arzt schlägt die Akte zu, legt ein weißes Blatt Papier vor sich. Hinter ihm ist das vergitterte Fenster.
– Fangen wir an, sagt er und nimmt einen Kugelschreiber in die Hand.
Auf dem Tisch vor Daniel liegt der Stein, der aussieht wie eine Zunge.
– Bin ich Ihr erster Patient? fragt Daniel.
– Ja. Wir haben sozusagen am gleichen Tag hier angefangen.
Daniel stößt den Stein mit dem Finger an.
– Was sollte ich damit?
– Wenn Sie etwas sagen wollen, können Sie es auch ihm sagen.
– Ich habe nichts zu sagen.
Der Arzt blättert in der Akte, nimmt ein Foto heraus und legt es auf den Tisch. Kathrins Leiche zeigt ihre Zähne, die Zungenspitze dazwischen. Daniel schließt die Augen, hinter den Lidern ist das gleiche Bild. Die Lippen der Leiche

werden immer dünner und verschwinden dann ganz. Das Zahnfleisch ist schwarz, die Zähne weiß. Daniel öffnet die Augen. Auf dem Foto hat die Leiche wieder ein Gesicht. Sie hat Kathrins Augen. Der Arzt sitzt zurückgelehnt. Daniel zieht die Beine auf den Stuhl und legt den Kopf an die Knie. Im Raum ist es still. Daniel sagt seinen Namen gegen die Stille. Die Stille verschwindet nicht. Daniel sieht auf. Das Foto ist vom Tisch verschwunden. Dort sind nur das weiße Papier und der Stein, der aussieht wie eine Zunge.

– Ich weiß auch nicht, warum, sagt Daniel.

Der Arzt öffnet den Mund und sagt nichts. Er schließt die Augen, kneift sie zusammen, öffnete sie ganz plötzlich. Er nimmt den Telefonhörer, wählt.

– Wir sind fertig für heute, Herr Gollner, sagt er.

Gollner bringt Daniel bis hinter die Gittertür des Patiententrakts.

– Jetzt findest dus doch alleine, sagt er, verschließt die Gittertür und geht.

Am Ende des Gangs ist ein Fenster. Draußen gibt eine Wolke die Sonne frei, und über den Linoleumboden des Gangs breitet sich ein schwarzes Gitter. Daniel lehnt sich gegen die Tür hinter sich. Die Eisenstangen sind kalt. Daniel hebt eine Hand an die Schläfe. Die Haut ist kühl und liegt nur dünn über dem Schädel. Am Hinterkopf tasten die Finger eine Naht. Und Kathrins Lippen werden wieder schmal, verschwinden, die Haut zieht sich zurück und legt die Zähne und dann den weißen Schädel frei. Das Gitter auf dem Linoleum flimmert, die Maschen werden enger und enger, im Gang wird es dunkel.

– Was ist los? sagt Janine.
Sie nimmt Daniels Arm. Dann ist Daniel in ihrem Zimmer.
– Das ist meine Hälfte. Dort drüben schläft meine Mutter.
Setz dich aufs Bett, sagt Janine.
Sie setzt sich auf den Stuhl. Über dem Bett der Mutter hängen Bilder von Tauben. Die Tauben sind weiß und sitzen in Kränzen aus Blumen oder in goldenen Käfigen. Über Janines Bett sind die Wände kahl. Auf dem Tisch liegt eine Handvoll Kugelschreiber. Janine legt sie parallel und nimmt einen silbernen, hält ihn Daniel hin.
– Das ist mein liebster, sagt sie.
Daniel nimmt den Stift, der kalt wie eine Eisenstange ist. Der Stift fällt zu Boden. Janine hebt ihn auf und legt ihn zurück in die Reihe zu den anderen. Sie setzt sich neben Daniel aufs Bett.
– Jader hat dich häßlich gemacht, sagt sie.
Die Kreuze auf ihrer Wange haben rotschwarzen Grind.
– Jader ist ein Kinderficker. Mutter sagt, er hat ihnen die Köpfe kahlgeschoren, nachdem er sie gefickt hat.
Sie hat die Hand neben Daniels Schenkel gelegt. Über den Handrücken läuft ein Netz von lila Linien. Daniel nimmt die Hand. Sie zieht sie weg und legt sie zurück aufs Bett, der kleine Finger berührt Daniels Schenkel. Daniel streicht über die Kreuze auf Janines Wange.
– Mit den Fingernägeln, sagt er.
– Er hat dir die Haare geschnitten, sagt Janine.
Daniels Daumennagel kratzt am Grind.
– Paß auf.
Ein Tropfen Blut läuft wie eine Träne die Wange hinunter.
– Paß auf, daß er dir nichts tut, sagt Janine.

Sie legt sich zurück und Daniel lehnt sich über sie. Ihr Körper ist weich. Daniel schiebt das hellblaue Hemd von ihrer Schulter. Küßt das Muttermal, das aussieht wie eine Pflaume.
– Hör auf, sagt Janine leise.
Daniel küßt ihre Wange und hat einen Geschmack von Salz und Eisen auf den Lippen. Janines Lippen werden schmal.
– Verdammte Scheiße! ruft die Mutter.
Daniel spürt ihre Hand in seinem Nacken, die Finger wie Krallen.

– Du bist ganz schön flott, Kleiner, sagt Jader.
Er geht im Zimmer auf und ab, direkt hinter der Linie im Linoleum.
– Wer kleine Mädchen fickt, sollte sich hier zurückhalten mit den Frauen.
Bleibt stehen hinter der Linie und lächelt.
– Komm her, sagt er.
Daniel steht nicht auf. Jader kommt zu ihm herüber und setzt sich neben ihn.
– Ich erzähls nicht weiter. Die Alte auch nicht, wenn ichs nicht will.
Jader legt die Hand auf Daniels Kopf. Die Haare schmerzen. Jader küßt ihm die Wange.
– Keine Angst, sagt er.
Die Katze in Jaders Bett ist ein Stück totes Fell.

8

Tenne von der Schranke saß über ein Kreuzworträtsel gebeugt.

– Guten Morgen wünscht man sich hier! sagte er, als ich an ihm vorüberging.

– Guten Morgen, sagte ich und blieb stehen. Er sah weiter auf das Kreuzworträtsel hinab. Ich wollte weitergehen.

– Amerikanischer Rock'n'Roll-Sänger. Vorname. Fünf Buchstaben, sagte er und sah auf. Er schob die braune Zungenspitze zwischen die Zähne, klopfte mit dem Kugelschreiber auf die Zeitschrift, dreimal.

– Aber das wissen Sie doch, sagte er. Sagen Sies schon.

– Elvis, sagte ich.

Er schrieb die Buchstaben in die Kästchen. Ich ging die Pflastersteinstraße ins Krankenhausgelände hinein. Ich hörte ihn summen. Love me tender. Bis die Geräusche eines Autos ihn übertönten. Ich ging zwischen die Bäume in den Schneematsch. Tanners Auto fuhr vorbei. Maria saß auf dem Beifahrersitz. Tanner lehnte sich an ihr vorbei, schlug gegen die Beifahrerscheibe und grinste. Am Zaun warteten sie auf mich. Maria streckte mir die Hand hin.

– Gut geschlafen? fragte sie.

Ich nickte. Tanner legte den Arm um sie.

– Und du? fragte ich.

– Sie braucht einen Kaffee. Sie doch auch, Herr Kollege, sagte Tanner.

An Marias Wange war eine Wimper. Tanner nahm sie bei den Schultern und drehte sie weg. Die Tür im Zaun öffnete sich mit einem Surren.

Im Aufenthaltsraum rauchten die Schwestern und Pfleger. Am Tisch waren nur noch zwei Stühle frei. Maria und Tanner setzten sich. Gollner schenkte ihnen Kaffee ein. Ich stellte meinen Rucksack ab.
– Wollen Sie Kaffee? fragte die Schwester in der hellblauen Strickjacke.
Ein junger Pfleger stand auf, stellte mir eine Tasse auf den Tisch.
– Kaffeegeld ist zehn Euro im Monat. Wenn Sie mit uns frühstücken wollen, zehn Euro in der Woche, sagte die Schwester in der hellblauen Strickjacke.
– Warum setzen Sie sich nicht, sagte Gollner.
Der junge Pfleger lehnte an der Heizung, hinter ihm war das vergitterte Fenster.
– Nun setzen Sie sich doch, sagte er.
Er zeigte seine gelben Zähne, das Hemd hing ihm aus der Hose. Ich setzte mich. Er schenkte mir ein. Seine Hand streifte meinen Arm. Die Fingernägel waren dreckig.
– Milch und Zucker, sagte er.
Ich nickte. Er löffelte Zucker in die Tasse und goß Milch dazu. Er rührte um. Ich nahm ihm den Löffel aus der Hand. Sein Daumen strich über meinen Handrücken.
– Danke, sagte ich.
Er lehnte sich an die Heizung. Ich trank. Der Kaffee war zu stark. Tanner grinste und steckte sich eine Zigarette an. Hielt mir die Schachtel hin.

– Ich rauche nicht, sagte ich.

Er stieß Rauch durch die Nasenlöcher.

– Wie läufts mit Ihrem Patienten? Verdachtsdiagnose?

Der Rauch biß in den Augen.

– Sie haben doch einen Verdacht?

Ein Auge tränte. Ich mußte es zusammenkneifen. Ich schüttelte den Kopf.

– Und wie wollen Sie arbeiten, ohne eine Ahnung zu haben?

– Er ist erst zwei Tage hier, sagte Maria.

– Fräulein Wilhelm hat einen Verdacht, sagte Tanner. Teilen Sie doch Ihre Gedanken mit uns. Der junge Kollege ist Ihnen für Ihre Hilfe sicher dankbar.

Maria sah zu mir. An ihrer Wange hing noch immer die Wimper. Ihre Augen wurden leer. Sie wischte mit dem Handrücken über die Wange. Die Wimper verschwand. Maria stand auf. Sie mußte an Tanner vorbei. Der lehnte sich zurück und blickte nach oben, als sie sich hinter ihm vorbeizwängte.

– Nicht heulen, sagte er leise.

Maria blieb stehen, sah auf ihn hinab. Arschloch, formten ihre Lippen stumm. Sie ging und ließ die Tür offen. Tanner inhalierte Rauch, hielt ihn in den Lungen, stieß ihn aus. Ich spürte eine Träne auf der Wange und wischte sie weg.

– Das wird schon noch, sagte Tanner. Das kriegen Sie schon noch hin.

Es war still im Raum. Der Pfleger an der Heizung legte den Kopf gegen die Fensterscheibe. Das Geräusch war dumpf wie Watte.

– Die Chefärztin ist erst nächste Woche zurück, sagte Tanner. Der Lachs beim Abschlußbankett war vergammelt. Dreihundert Psychiater mit Darmgrippe. Das ist nicht lustig.

Die Schwestern und Pfleger lachten. Der junge Pfleger setzte sich auf Marias Platz. Er leckte sich über die Lippen. Ich stand auf.
– Wenigstens einen Verdacht will ich heute nachmittag von Ihnen hören, sagte Tanner.
Ich nickte und ging.
– Zehn Euro ist Kaffeegeld, rief mir die Schwester in der hellblauen Strickjacke hinterher.

In meinem Arbeitszimmer nahm ich den kleinen CD-Spieler aus dem Rucksack und stellte ihn auf dem Schreibtisch auf, legte eine CD ein. My baby left me. Amerikanischer Rock'n'Roll-Sänger. Vorname. Fünf Buchstaben. Aber das wissen Sie doch, hatte Tenne von der Schranke gesagt. Ich ging zum Fenster. Unten machte Maria mit den Patienten Frühsport. Sie sah auf, als hätte sie meine Anwesenheit gespürt. Ich hob die Hand. Sie nickte. Ich trat vom Fenster zurück. My baby left me, never said a word. Aber das wissen Sie doch. Der fette Elvis mit den leeren Augen und dem aufgeblähten Gesicht. Der junge Elvis, der mit nacktem Oberkörper über meinem Fernseher hing. Auf dem Schreibtisch lag der Zungenstein. Ich setzte mich und legte meinen Finger daran.
– Immer den Knopf drücken. Wir wollen wissen, wo Sie sind, sagte der Stein.
Ich drückte den grünen Knopf und schlug Daniels Akte auf. Blätterte. Urteil. Tathergang. Der Beklagte fesselte die Hände der Geschädigten mit deren Schal. Anschließend führte er sowohl den oralen sowie den vaginalen Verkehr an der Geschädigten durch. Die Geschädigte wehrte sich dabei heftig. Dem Beklagten war bewußt, daß er gegen den

Willen der Geschädigten handelte. Blätterte. Polaroids. Daniel bei Aufnahme. Profil rechts. Profil links. Frontal. Elvis sang Baby I don't care. Und Daniels Gesicht hatte keinen Ausdruck. Und lächelte dann. Es klopfte. Ich schlug die Akte zu. Maria kam herein.

– Kommst du voran? sagte sie.

Sie kam um den Tisch herum, nahm die Akte, setzte sich auf die Tischplatte. Blätterte.

– Die Intelligenz des Probanden ist als leicht unterdurchschnittlich zu bewerten, las sie.

Ich griff nach der Akte.

– Hast du einen Verdacht? fragte sie.

Sie hielt die Akte fest und lachte. Ihre Finger berührten die meinen. Sie ließ die Akte los.

– Was machst du heute abend? fragte sie.

– Ich weiß noch nicht.

– Laß uns was trinken gehen. Ich hole dich ab.

Sie glitt vom Tisch und ging zur Tür. Baby, I don't care.

– Gegen acht. Ich weiß, wo du wohnst, sagte sie und ging.

Ich schlug die Akte auf. Polaroids von der Leiche des Mädchens. Im hellblauem Anorak und mit nacktem Unterkörper. Auf einem metallenen Obduktionstisch. Ich rief Gollner an und fragte ihn, ob er Daniel in mein Zimmer bringen könne.

– Der bekommt gerade eine neue Frisur, muß das jetzt sein?

Nein, lassen Sies, wollte ich gerade sagen, aber Gollner kam mir zuvor.

– Sie haben noch nicht mal einen Verdacht, hab ich Recht? Tanner macht Sie zur Schnecke, sagte er. Ich bring ihn vorbei.

Ich schlug eine Seite in der Akte auf, die eng beschrieben war. Ich starrte darauf und ließ die Buchstaben verschwimmen. Daniel starrte auf den Zungenstein, der vor ihm lag. Seine Haare waren so kurz, daß ich die Kopfhaut dazwischen sehen konnte.

– Ich habe nichts zu sagen, sagte er.

Und sah auf. Sein Gesicht war gleichgültig wie auf dem Polaroid. Und dann lächelte es. Ich nahm das Foto der Leiche aus der Akte, legte es vor ihm auf den Tisch. Daniel sah das Foto und schloß die Augen. Die Kopfhaut war grau zwischen den Haarstoppeln. Ich wollte ihn schlagen. Ich lehnte mich zurück und verschränkte die Hände hinter der Lehne. Daniel öffnete die Augen. Sie waren aus Glas. Er zog die Füße auf den Stuhl. Er legte den Kopf auf die Knie. Er sagte seinen Namen und sagte ihn wieder und wieder. Ich streckte meine Hand nach ihm aus. Ich konnte ihn nicht berühren. Meine Hand zitterte. Ich schob das Bild der Leiche in die Akte zurück. Er sah auf. Graue Augen mit gelben Tupfen.

– Ich weiß auch nicht, warum, sagte er.

Ich öffnete den Mund. Zeilen aus Elvisliedern waren alles, was ich hätte sagen können. Ich schloß die Augen und spürte eine Hand, die mich kaum berührte. Nur ein Kribbeln. Fingerspitzen, die mir sacht über Wange und Hals und Nacken strichen. Die Berührung war so leicht, daß sie weh tat. Ich rief Gollner an.

– Dauert einen Moment, sagte er.

Ich ging zum Fenster. Draußen auf dem Hof lag etwas Rotes im Schnee. Ich wußte, daß es Marias Stirnband war. Ich sah das Gesicht des Mädchens und den Schal, der sich um ihren Hals festzog. Gollner kam. Er sagte etwas.

– Ja. Vielen Dank, sagte ich.

Ich drehte mich um, als sie gegangen waren. Auf dem Tisch lag der Zungenstein. Ich nahm ihn in die Hand. Er hatte Tennes und Tanners und Gollners Stimme.

– Wir wissen, wo Sie sind, sagte er.

Elvis' Gesicht in Zeitlupe. Die Augäpfel verdrehten sich, die Pupillen unter die Oberlider. Aus dem Mundwinkel rann ein Speicheltropfen. Die Augen schlossen sich, der Kopf senkte sich. Standbild. Das Gesicht war aus Wachs. Er ist auf dem Klo gestorben. Die Zunge war schwarz, als man ihn fand. Ich wickelte Marias Stirnband um mein Handgelenk. Es war noch feucht vom Schnee. Es klingelte.

– Ich komme runter, sagte ich über die Sprechanlage.

– Laß mich rein. Scheißwetter. Ich habe uns eine Flasche Wein mitgebracht, sagte Maria.

Ich drückte den Türöffner. Sie kam unendlich langsam die Treppe herauf. Dann stand sie vor mir und umarmte mich.

– Ich bin naß, sagte sie und lachte.

Sie drückte mir eine Weinflasche in die Hand, zog ihre Jacke aus und hängte sie mir über den Arm.

– Hast du ein Handtuch für meine Haare. Scheißwetter.

Ich holte das Handtuch. Als ich zurückkam, war sie ins Wohnzimmer gegangen und saß auf dem Boden vor dem Fernseher. Elvis sang. You have made my life complete. Maria stellte das Video aus. Der Bildschirm schwarz.

– Ich kann das nicht mehr hören, sagte sie.

Sie nahm das Handtuch, das ich ihr hinstreckte.
- Worauf wartest du? Wir brauchen Gläser und den Flaschenöffner. Da kommt gleich ein guter Film, den sehen wir uns an, sagte sie und rieb sich die Haare trocken.

Ich brachte die Gläser, öffnete die Flasche, schenkte ein. Sie suchte das Programm, auf dem der Film laufen sollte. Ich setzte mich neben sie. Wir stießen an.
- Nochmal, in die Augen sehen, sagte sie.

Ich sah sie an. Die Gläser stießen aneinander und sie wandte sich ab. Im Film näherte sich die Kamera im Flug Manhattan. Another day in paradise von Phil Collins. Die Kamera blickte von oben in die Schluchten zwischen den Wolkenkratzern, blieb an einer überfüllten Straße hängen. Verkehrslärm. Die Kamera schwebte hinab, fuhr den Stau entlang. Ein schwarzer Taxifahrer, der laut vor sich hinfluchte. Ein Geschäftsmann, der auf der Rückbank seiner Limousine an einem Laptop arbeitete. Das Hupen der Autos nun lauter als Phil Collins. Die Kamera schwenkte auf das Gesicht eines jungen und schönen Mannes. Er schwitzte heftig, die gegelten Haare waren zerwühlt. Er kniff die Augen zusammen, griff zum Autoradio, brachte Phil Collins zum Schweigen.
- Und hast du einen Verdacht? fragte Maria.
- Was?
- Eine Verdachtsdiagnose, für den Kleinen, für Tanner.

Das Gesicht des Mannes in Großaufnahme. Die Symmetrie wurde nur durch eine schwarze Locke zerstört, die ihm vor das rechte Auge hing. Er atmete heftig, kniff immer wieder die Augen zusammen. Der Verkehrslärm jetzt dumpf im Hintergrund. Er wandelte sich langsam in das Geräusch pulsierenden Blutes.

– Ich glaube schon, daß ich einen Verdacht habe, sagte ich. Das Pulsieren des Blutes wurde lauter. Der Mann griff sich an die Schläfen, sprang aus dem Auto. Er stand auf der Straße, die Kamera drehte sich um ihn. Er sah sich hektisch nach allen Seiten um. Dann lief er den Stau entlang. Die Kamera auf sein Gesicht gerichtet, die Augen hatte er weit aufgerissen. Er blieb stehen, im gleichen Moment Schnitt auf eine Totalaufnahme von ihm. Er holte weit mit dem Ellenbogen aus und rammte ihn in die Fensterscheibe des Autos, neben dem er gerade stand. In Zeitlupe splitterte das Glas. Das Pulsieren hörte auf, man hörte nur noch die Schritte des Mannes, der weiterging. Und ab und zu das Splittern einer Scheibe.

– Hast du eine Freundin? fragte Maria.

Der Mann schlug noch einige Autoscheiben ein, sein Gesicht wurde gleichgültig. Er zerrte eine junge Frau aus einem Auto.

– Nein, sagte ich.

– Hab ich mir gedacht, sagte Maria.

Ich spürte ihre Hand an meinem Arm.

– Was ist das? fragte sie und zog an dem Stirnband, das noch immer um mein Handgelenk gewickelt war.

Der Mann zog ein Messer aus der Tasche und schnitt der Frau die Kehle durch. Maria lachte.

– Warum hast du mein Stirnband an deinem Arm?

Ich zog es vom Handgelenk und legte es ihr in den Schoß.

– Weiß nicht. Es lag im Hof. Ich habe es gefunden.

Sie beugte sich zu mir herüber. Ihre Hand drückte auf meinem Oberschenkel, ihre Haare berührten mein Gesicht. Die Frau lag am Boden, röchelte und verblutete. Ich stand auf.

– Ich will mir so einen Quatsch heute nicht ansehen, entschuldige, sagte ich.

Sie schaltete den Fernseher aus.

– Ist ja in Ordnung, du mußt nicht, wenn du nicht willst, sagte sie.

Im Fernseher knisterte noch Elektrizität, dann war es still.

– Soll ich gehen? fragte Maria.

– Bleib nur, sagte ich.

Sie stand auf und zog ihre Jacke an.

– Tut mir leid, sagte sie.

– Bleib doch noch ein wenig, sagte ich.

Sie ging zur Tür.

– Tanner meint, es ist eine schwere soziale Fehlentwicklung auf Grundlage einer Minderbegabung und einer Persönlichkeitsstörung, sagte sie und strich mir über den Oberarm.

Bis morgen dann.

Ich wartete im Hausflur, bis ich die Haustür zufallen hörte.

Im Wohnzimmer auf dem Teppich vor dem ausgeschalteten Fernseher lag rot das Stirnband.

9

Über Daniels Schulter streicht eine Berührung, leicht wie ein Insekt kriecht sie hinter dem Schlüsselbein entlang, den Hals hinauf zum Kinn.
– Du bist wach, sagt Jader.
Daniel kneift die Augen zusammen. Jaders Hand ist an seinem Kinn, der Daumen zieht die Unterlippe nach unten und schlägt mit dem Nagel gegen die Zähne.
– Was hast du geträumt?
Daniel öffnet die Augen und schiebt Jaders Hand beiseite. Jader setzt sich auf die Bettkante, sein Pyjama ist aufgeknöpft bis zum Nabel. Die Brust ist übersät mit schwarzen und roten Muttermalen.
– Kniet sie vor dir? Und streckt dir den Arsch entgegen. Du hebst den Faltenrock an und ziehst den weißen Slip herunter und schiebst zwei Finger in ihr Arschloch.
Jaders Gesicht kommt näher, sein Atem ist feucht.
– Was soll Janine dazu sagen, daß du noch immer von der Kleinen träumst?
Die Tür öffnet sich.
– Guten Morgen, sagt Jader.
– Scher dich auf deine Seite, sagt Gollner.
Jader steht auf und macht den einen Schritt über den Strich im Linoleum.
– Der Kleine hat schlecht geträumt. Die ganze Nacht hat er gewimmert, sagt er.

– Wenn ich dich dabei erwische, schläfst du die nächsten drei Monate in der Iso.
Jader lächelt.
– Die Chefärztin hat mir bescheinigt, daß ich in letzter Zeit große Fortschritte in der Therapie gemacht habe.
– Die Chefärztin. Wahrscheinlich wirst du demnächst noch heiraten.
– Warum nicht. Vielleicht werde ich heiraten.
Gollner zieht Daniel die Bettdecke weg und lacht.
– Schau woanders hin! Er hat keinen Steifen! ruft er.
– Wovon auch, sagt Jader und knöpft sich den Pyjama zu.
Daniels Beine kribbeln. In seinem Schlafanzug sind Ameisen.

Janine steht am Fenster im Tagesraum. Im Hof beugt die Mutter den Rücken und Jader springt Bock über sie. Die Mutter sieht auf und schleudert den Arm in Richtung des Fensters hinauf, streckt den Zeigefinger aus. Janine sieht zu Daniel hinüber.
– An was denkst du, hast mich gar nicht bemerkt, sagt er.
Sie läßt die Lippen schmal werden, und die Haut um die Kreuze auf den Wangen wird rot. Janine sieht in den Hof. Die Mutter hält den Zeigefinger steil in die Luft, zeigt auf Daniel. Sie schreit etwas und Jader nimmt ihre Hand. Janine geht zum Aquarium, tippt mit dem Fingernagel gegen die Scheibe, ein grauer Fisch stößt sein Maul dagegen. Daniel kommt heran. Janines Finger fährt Schleifen über die Scheibe und der Fisch folgt dem Finger.
– Was hast du geträumt heute nacht? sagt Janine.

Daniel geht um das Aquarium herum und sieht durch das schlierige Wasser den Schatten von Janines Gesicht.
– Meerjungfrau, sagt er.
Janine schnippt gegen die Scheibe, der Fisch zuckt davon, kehrt aber gleich darauf zum Finger zurück.
– Was hast du geträumt? sagt sie.
Und ihr Finger schnippt, aber der Fisch läßt sich nicht mehr verscheuchen. Andere Fische kommen heran.
– Von dir, Meerjungfrau, sagt Daniel und geht um das Aquarium herum.
Janine legt die Handfläche an die Scheibe, dahinter tummeln sich die Fische in einer dunklen Wolke.
– Von dir, sagt Daniel.
Gollner öffnet das Gitter, und die Hellblauen kommen herein. Janine schlägt mit der Faust an die Scheibe.
– Haut doch ab! schreit sie und die Fische stieben davon.
Janine steht am Fenster und tippt mit dem Fingernagel dagegen. Jader faßt Daniel am Arm.
– Laß sie, sagt er. Komm frühstücken.
Die Mutter sitzt am Tisch neben dem Aquarium.
– Der Tisch gehört nicht dir, Jader, jeder kann hier sitzen, sagt sie.
Jader legt den Arm um Daniel.
– Guten Morgen, die Damen, ist hier vielleicht noch Platz für zwei einsame Herren, sagt er.
Und zieht einen Stuhl vom Tisch, drückt Daniel nieder, setzt sich dann selbst. Die Mutter beißt von ihrem Brötchen und kaut.
– Was willst du? Glotz mich nicht an, sagt sie zu Jader.
Jader legt Daniel die Hand auf den Unterarm.

– Der Kleine hat schlecht geschlafen heute nacht, sagt er.

– Der hats verdient, sagt sie.

Jader hält Daniels Handgelenk fest umfaßt.

– Erzähl, was du geträumt hast, sagt Jader.

Janine pocht mit den Knöcheln gegen die Fensterscheibe.

– Laß die Scheiße! ruft Gollner.

Und Janine hockt sich zu Boden und nimmt den Kopf zwischen die Arme.

– Was hast du geträumt? sagt die Mutter.

Jader hebt Daniels Arm an und läßt ihn auf den Tisch fallen. Er beugt sich zur Mutter.

– Was ist mit deiner Kleinen los? fragt er.

Die Mutter kaut und beißt ab und kaut.

– Keinen Hunger, Fräulein? ruft Gollner.

– Streckt dir den Arsch entgegen. Du hebst den Faltenrock an und ziehst den weißen Slip herunter und schiebst zwei Finger in ihr Arschloch, sagt die Mutter und kaut noch immer.

Jader legt der Mutter die Hand auf die Schulter.

– Beruhig dich, sagt er und läßt die Hand den Arm der Mutter hinuntergleiten.

– Mädchenficker, schreit Janine.

– Reiß dich zusammen! ruft Gollner.

Jader hält die Hand der Mutter.

– Ich habe geträumt, ich halte sie fest, sagt Daniel.

Gollner nimmt Janine am Arm und bringt sie durch die Gittertür in den Patiententrakt. Ein grauer Fisch stößt sein Maul gegen die Scheibe des Aquariums.

– Ich habe geträumt, ich halte sie fest, sagt Daniel.

– Halts Maul, sagt Jader leise.

Die Mutter lehnt den Kopf an Jaders Schulter.

II. Mai

10

Daniels Mutter weigerte sich, ins Krankenhaus zu kommen.
- Ich kann Ihnen nicht weiterhelfen. Ich habe nichts mehr mit ihm zu tun, sagte sie am Telefon.

Ich überredete sie, mir einen Besuch bei ihr zu Hause zu gestatten. Sie wohnte in einem der fünfzehngeschössigen Häuser in dem Teil des Neubaugebietes, in dem die Blocks die Namen von Tierbehausungen trugen. Daniels Mutter lebte im Rehgarten. Ich stand vor dem riesigen Klingelschild und konnte den Namen nicht finden. Eine alte Frau trat aus dem Haus. Ich fragte sie, ob sie wisse, wo die Familie Kamp wohne. Die alte Frau drückte einen Klingelknopf.
- Aber ich kenne die nicht, sagte sie und ging davon.

Im Haus roch es nach Urin. An eine Wand war in bunten Farben ein Mädchen gemalt, das ein Reh umarmte. Das Reh beugte sich über einen Brunnen und das Mädchen wollte es hindern zu trinken. Das Gesicht des Mädchens war mit schwarzer Farbe übermalt.
- Wo bleiben Sie denn? So ein Gestank hier! rief eine Frauenstimme.

Ich ging ihr nach in einen Gang, der dunkel war und um mehrere Ecken führte, so daß ich die Orientierung verlor.
- Hier entlang! rief die Stimme.

Dann stand ich vor der Frau. Sie war mager, trug einen Faltenrock und die schon grauen Haare fest zum Knoten gebunden. Sie zog mich in die Wohnung und warf die Tür zu.

– Entschuldigen Sie, aber hier wohnen fast nur noch Alte, die sich einpissen. Es stinkt erbärmlich, sagte sie.

Durch einen Vorhang aus Holzperlen ging sie in die Küche, und ich folgte ihr. Am Küchentisch saß eine alte Frau, um ihren Kopf war ein Handtuch geschlungen wie ein Turban. Die Alte las mit dem speichelfeuchten Zeigefinger Brotkrumen vom Teller. Daniels Mutter wickelte ihr das Handtuch vom Kopf und fuhr ihr damit über den Mund.

– Wir haben gerade zu Abend gegessen. Das ist meine Mutter, Daniels Großmutter, sagte sie.

Und griff der Alten unter die Arme, schob den Stuhl mit der Fußspitze beiseite und brachte die Alte zum Perlenvorhang.

– Geh dir die Zähne putzen und dann ins Bett, sagte sie.

– Was will der hier? sagte die Alte.

– Geh schlafen, sagte Daniels Mutter.

Die Alte zögerte einen Moment und ging dann. Ihre Fersen in den Pantoffeln waren sehr schmal. Daniels Mutter zeigte auf den Stuhl, auf dem zuvor die Großmutter gesessen hatte, und ich setzte mich. Sie wischte mit einem Geschirrtuch die Krümel vom Tisch.

– Also, was wollen Sie? sagte sie.

– Ihrem Sohn geht es so weit gut, sagte ich.

Sie schüttelte das Geschirrtuch aus, wischte dann wieder den Tisch, auf dem keine Krümel mehr waren.

– Warum besuchen Sie ihn nicht? sagte ich.

Sie ging zur Spüle und begann abzuwaschen.

– Sie sagten, Sie hätten etwas zu besprechen, was ihn betrifft, sagte sie.

– Sie haben ihn noch nicht ein einziges Mal besucht, seit er bei uns ist.

Nur das Platschen des Wassers war zu hören, ab und zu schlug ein Teller gegen den Metallrand der Spüle.
– Ich würde gern sein Zimmer sehen, sagte ich.
– Ganz hinten rechts, sagte sie.
Ich stand auf und ging zum Perlenvorhang. Ein Glas fiel zu Boden und zersprang. Daniels Mutter nahm den nächsten Teller und tauchte ihn ins Wasser.

Im Flur war es dunkel und ich fand den Lichtschalter nicht. Ich tastete mich an der Wand entlang und stieß an ein Bild. Es fiel zu Boden. In der Küche hörte ich die Mutter die Glasscherben zusammenfegen, ich ging weiter. Öffnete schließlich die Tür, von der ich glaubte, sie würde zu Daniels Zimmer führen. Hier fand ich den Lichtschalter. Ein Heißluftballon hing von der Decke und begann zu leuchten. Die Zimmerdecke war als Himmel bemalt, hellblau mit weißgrauen Wolkenschafen. In einer Ecke des Zimmers stand ein Bettgestell mit bloßer Matratze, in einer anderen ein Schreibtisch. Dann noch einige Pappkartons. An der Wand das Plakat eines Zauberkünstlers. Carter beats the devil. In der Küche stieß Daniels Mutter einen kurzen Schrei aus. Ich schloß die Tür und ging zum Fenster, das dreckig beschlagen war. Öffnete es und sah hinauf in den Lichtschacht. In vielen Fenstern war fahles gelbes Licht, einige waren finster. Kathrins Zimmer konnte hell oder dunkel sein, das Fenster unterschied sich nicht von den anderen. Ich setzte mich auf Daniels Bett. Sah auf die Pappkartons, die vor mir auf dem Boden standen. Nicht mehr als fünf oder sechs. Kleidung stand mit dickem, schwarzem Stift auf dem einen geschrieben. Requisiten auf einem anderen.

Ich öffnete den, auf dem Kleidung stand und nahm einen Pullover heraus. Er war dunkelblau und aus dicker Wolle und roch nach Weichspüler. Frühlings- oder aprilfrisch. Im Fernsehen schmiegte die Frau ihre Wange an die frisch gewaschene Wäsche. Die Tür öffnete sich und Daniels Großmutter im Nachthemd kam herein. Sie hatte ein gerahmtes Bild in der Hand und streckte es mir hin. Daniel war darauf zu sehen, wie er ein kleines Mädchen auf den Schultern trug. Das Glas des Rahmens war zersprungen.

– Entschuldigen Sie, es muß mir heruntergefallen sein, sagte ich.

– Mein Enkel ist gestorben, sagte die Alte. Ein Zug hat ihn überfahren, wie damals schon meinen Mann.

Sie hielt mir noch immer das Bild hin, aber als ich es nehmen wollte, ließ sie es nicht los. Dann stand plötzlich Daniels Mutter hinter ihr.

– Du solltest doch schlafen gehen! rief sie. Warum hörst du nicht auf das, was ich dir sage?

– Ich habe schon seit Monaten nicht mehr geschlafen, sagte die Alte.

Daniels Mutter schob sie zur Tür. Sie hatte ein Geschirrtuch um ihre Hand gewickelt, das von Blut durchtränkt war.

– Haben Sie alles, was Sie brauchen? sagte sie, als sie merkte, daß ich auf ihre Hand starrte.

Ich wollte den Pullover zurück in den Karton legen.

– Nehmen Sie ihn nur mit, das ist sein Lieblingspullover, sagte sie.

Als ich nach Hause kam, saß Maria auf der Treppe vor der Wohnungstür. Sie stand auf und ich küßte ihr die Wange.

– Hast du Erfolg gehabt? sagte sie.

– Nicht besonders, sagte ich und schloß die Tür auf.

– Darf ich reinkommen? sagte sie.

– Hab ich was vergessen? Waren wir verabredet?

Sie kam in die Wohnung, zog ihre Jacke aus und gab sie mir in die Hand.

– Laß uns was trinken, sagte sie.

Ich hängte unsere Jacken an die Garderobe. Maria nahm die Plastiktüte, in der Daniels Pullover war. Sie nahm den Pullover heraus und hielt ihn sich an. Er war schäbig, mit einer Kapuze. Emotions run deep as oceans explodin' stand darauf. Maria lachte.

– Hat dir den deine Mutter geschenkt? sagte sie.

Ich riß ihr den Pullover aus der Hand und drehte mich weg. Ich legte den Pullover zusammen. Im Garderobenspiegel sah ich Marias verständnisloses Gesicht.

– Gibt es irgendeinen tieferen Grund, warum du jetzt hier bist? sagte ich.

– Nein, sagte sie.

Sie ging zur Wohnungstür und öffnete sie.

– Vergiß deine Jacke nicht, es ist kalt draußen, sagte ich.

Ich spürte, wie sie mich über den Spiegel ansah, und packte den Pullover zurück in die Tüte, strich die Tüte glatt.

– Es tut mir leid, sagte ich.

Sie kam auf mich zu. Ich richtete mich auf, sie war so nah hinter mir, daß unsere Körper sich berührten. Ihr Gesicht im Spiegel schien gleichgültig, nur preßte sie die Lippen scharf aufeinander. Ich drehte mich um, und sie begann mich zu küssen. Ich umarmte sie und zog sie fest an mich und schloß die Augen, und all die Wärme ihres Körpers ging in den

meinen über. Sie legte den Kopf an meine Schulter. Ich strich ihr durch die Haare.
– Tanner sagt, der Mai macht alles neu, sagte sie.
– Willst du was essen gehen? Drüben hat ein neuer Italiener aufgemacht, sagte ich und schob sie von mir.
– Er kommt gleich noch vorbei.
– Wer?
– Tanner. Er hat dich heute beim Mittagessen so vermißt. Sie sah sich im Spiegel an und strich sich die Haare glatt.
– Ich habe gesagt, du hättest uns eingeladen. Ich hatte keine Lust, mit ihm alleine rumzuhocken. Aber vermißt hat er dich trotzdem.
Es klingelte. Maria drückte den Türöffner und lehnte sich an die Tür, eine Hand in die Hüfte gestützt. Tanner kam langsam herauf und sah nur Maria an, als er schließlich auf dem Treppenabsatz auftauchte. Er hielt eine Flasche Wein hoch in die Luft.
– Vino tinto! rief er. Das hebt den Blutdruck und gibt Farbe auf den Wangen!

Tanner trat sich die Schuhe von den Füßen, nahm Maria bei der Hand und zog sie ins Wohnzimmer. Er legte ihr den Arm um die Hüften und gemeinsam fielen sie aufs Sofa.
– Haben Sie keinen Durst, Kollege? sagte er.
Ich holte Gläser und stellte sie auf den Tisch.
– Trübe siehts aus, sagte Tanner. Mag am Klarspüler liegen, oder an Ihren Fetthänden. Stimmts Schatz?
Er beugte sich zu Maria hinüber, um sie zu küssen. Sie verzog das Gesicht und schob ihn weg.
– Hab ich Mundgeruch? sagte er.

– Du hast gesoffen, sagte sie.
– Mach doch endlich die Flasche auf, sagte er zu mir.
Ich öffnete die Flasche und schenkte ein. Tanner versuchte wieder, Maria zu küssen. Sie stand auf und kam auf meine Seite des Tischs. Tanner nahm ein Glas, ein anderes drückte er mir in die Hand.
– Schau mir in die Augen, Kollege, sagte er.
Er trank das Glas in einem Zug, starrte mich dabei an. Meine Augen wurden feucht, weil ich nicht zwinkerte. Er stellte das Glas sanft auf den Tisch zurück.
– Wenn du sie von hinten nimmst, paß auf. Sie furzt, wenn sie kommt, sagte er.
Er stand auf und nahm seine Schuhe. Er ging langsam die Treppe hinunter, mit den Schuhen in der Hand.

– Du fickst mich, hat er gesagt. Er soll vorbeikommen und mit dir reden, dann wird er schon sehen, daß es nicht so ist, hab ich gesagt. Woher sollte ich denn wissen, daß er sich besäuft, sagte Maria.
Sie nahm das Glas vom Tisch, das ich für sie eingeschenkt hatte, wischte mit dem Daumen über den Rand.
– Du fickst mich nicht, hab ich gesagt. Hast mich noch nie gefickt. Schau mich an, bitte.
Sie hielt sich das Glas an die Lippen, trank aber nicht.
– Ich hätte gern, daß er mich fickt. Ich hätte sehr gern, daß er mich fickt, aber er hat es nicht getan, hab ich gesagt.
Ihre Zähne stießen an den Glasrand. Sie schloß die Augen. Das Glas an ihren Zähnen knirschte. Ich griff danach und berührte ihre Hand. Sie zuckte zurück, das Glas fiel zu Boden.

– Schau mich an, sagte sie.

Ich sah auf, und sie nahm meine Hand und legte sie an ihre Wange. Ich strich mit dem Daumen über ihre Lippen, die sie öffnete.

– Ich hätte es so gern, sagte sie.

Wir lagen nebeneinander, ich rückte näher und legte mein Bein über das ihre und preßte mein Becken gegen ihre Hüfte. Die Bettdecke lag schwer auf uns, ich schlug sie zurück. Marias Körper straffte sich, ihre Haut wurde enger. Die feinen Härchen stellten sich auf. Ich konnte meinen Atem darin sehen.

– Ist dir kalt? fragte ich.

Sie antwortete nicht. Atmete tief und ruhig, als würde sie schlafen, aber ihre Lider zitterten.

– Ist dir kalt, sagte ich noch einmal, ganz dicht an ihrem Ohr.

Und spuckte auf meine Finger, verrieb den Speichel zwischen ihren Brüsten. Meine Lippen berührten ihren Hals, ich küßte sie nicht. Mein Daumennagel kratzte die Haut über dem Brustbein. Ich fuhr höher und legte die Hand auf ihre Kehle. Sie schluckte, zweimal.

– Ist dir nicht kalt?

Sie schlug die Augen auf, drehte den Kopf, drückte ihre Lippen auf meine. Sie setzte sich auf.

– Ich muß jetzt gehen, sagte sie.

Drehte die Beine aus dem Bett, angelte mit dem Fuß nach der Unterhose, die verdreht und voll Flusen auf dem Boden lag. Zog sich dann an, mir den Rücken zugewandt.

– Bleib gleich liegen. Wir müssen früh raus morgen, sagte sie. Knöpfte noch den letzten Knopf ihrer Hose, als sie sich über mich beugte und mir einen Kuß oberhalb der Stirn in die Haare gab. Sie deckte mich zu, strich über die Decke.
– Schlaf gut. Träum was Schönes.
Sie ging, zog die Tür ganz leise ins Schloß. Die Decke lag schwer auf mir, meine Schenkel klebten aneinander, ich spürte meine Nacktheit. Ich fror. Ich stand auf und ging in den Flur. Im Spiegel war mein Körper so unförmig, daß ich mich ekelte. Neben der Garderobe am Boden lag Daniels Pullover. Ich zog ihn an, er spannte an der Brust und reichte mir nicht bis über die Hüften. Emotions run deep as oceans explodin'. Ich ging zurück ins Bett, es ging Wärme davon aus. Ich fror nicht.

11

Daniel steht am Fenster in seinem Zimmer. Draußen, hinter dem Gitter und den Zäunen, blüht der Raps. Das Gelb ist grell, Daniel kneift die Augen zu Schlitzen. Im Hof läuft Janine auf und ab, von einem Zaun zum anderen. Die Sporttherapeutin klatscht in die Hände.
– Riechst dus? sagt Jader.
Er sitzt auf seinem Bett, und Daniel beachtet ihn nicht. Janine bleibt stehen, stützt die Hände auf die Knie. Die Sporttherapeutin ruft etwas und lacht, und Janine sieht auf, zu Daniel herauf, der vom Fenster zurücktritt, gegen Jader stößt.
– Riechst du das? sagt Jader, legt den Arm um Daniel und zieht ihn zum Fenster.
Janine steht abgewandt, sieht in den Raps hinaus, und die Sporttherapeutin verschränkt die Arme.
– Im Frühling bin ich hergekommen. Da war der gleiche Geruch in der Luft. Und einmal im Frühling hab ich geliebt, da hats auch so gerochen.
Jader öffnet das Fenster und atmet tief. Seine Hand rutscht Daniels Arm herab bis zur Hüfte.
– Else hat ihn mir gezeigt. Sie saß am Fenster und starrte hinaus und miaute ganz schrill wie nur einmal zuvor, als sich in mein Bad eine Maus verirrt hatte. Ich ging zu ihr, und in die Wohnung direkt gegenüber auf der anderen Straßenseite zog er ein mit seinen Eltern, trug gerade den Käfig mit dem Wellensittich ins Haus. Ich habe ihn wirklich geliebt. Den Frühling drauf bin ich hierher gekommen, und Else ist verhungert.

Im Hof geht Janine bis an den Zaun, dreht sich dann um, schreit:
– Ich habs satt, verdammt! Tanner ist auch zu fett, lassen Sie den doch rennen! Warum muß ich denn abnehmen?

Sie blickt auf, einen Augenblick lang ist es Daniel, als sähe sie durch ihn hindurch, aber dann ist da wieder Jaders Hand warm und schwer auf seiner Hüfte, und Janines Blick trifft ihn. Er macht sich los von Jader, geht zum Waschbecken, läßt Wasser laufen und schaut in den Strahl. Ganz klein sieht er sein Gesicht. Jader klatscht in die Hände, langsam, dann schneller.
– Lauf schon, fette Sau! ruft er. Lauf!
Daniel greift in den Wasserstrahl, sein Gesicht zersprüht mit den Tropfen.
– Fette Sau! ruft Jader.
Greift sich in den Nacken und dreht sich um. Kommt heran, läßt sich Tropfen über das Gesicht rinnen. Daniel stellt das Wasser ab.
– Ich hab jedes Jahr wieder Angst vor dem Frühling, sagt Jader.
Daniel wischt sich über das Gesicht, schnaubt in die Hand. Jader lächelt, und Daniel geht an ihm vorbei zum Fenster. Im Hof binden drei alte Männer grüne Girlanden an die Zäune. Der Arbeitstherapeut Abel sitzt auf einem umgedrehten Eimer und gibt Anweisungen. Janine hockt am Boden, die Arme um die Knie verschränkt. Jader ist nah, legt den Arm um Daniel.
– Und die fette Sau soll abnehmen. Wofür denn? Für den Frühling? Für den Baggersee?
Einer der alten Männer setzt sich auf die Schultern der anderen beiden, wird hochgehoben, befestigt kurz unter dem

ersten Stacheldraht eine Girlande. Sie spannen die Girlande quer über den Hof. Die Sporttherapeutin reicht Janine die Hand, hilft ihr aufstehen. Janine streckt die Hand in die Luft, streicht durch die grünen Papierwimpel, die knapp über ihr hängen. Abel steht auf von seinem Eimer, schreit etwas, und die Alten reißen die Girlande wieder herunter.
– Im Frühling hängt sich hier immer einer auf, sagt Jader.
Janine geht zum Haus, mit dem Blick auf dem Boden zwischen ihren Füßen. Die Alten binden noch eine Girlande an den Zaun, dann gehen sie auch. Der Hof ist leer, das Licht grell über dem hellen Kiesboden. Die Girlanden hängen ohne jede Regung. Vor dem Zaun geht eine Welle durch das Rapsfeld. Das Zimmer ist leer und auch Jader für einen Augenblick verschwunden. Dann sitzt er wieder auf seinem Bett, krault die ausgestopfte Katze auf seinem Schoß.
– Wieder ein Frühling, Else. Die schmücken draußen schon fürs Fest, sagt er und sieht zu Daniel herüber, ganz still, kneift dann ein Auge zu.
Die Tür öffnet sich, Gollner kommt herein.
– Der Doktor will dich sprechen, Kleiner.

Gollner schiebt Daniel ins Zimmer.
– In einer halben Stunde gibts Mittagessen für die Patienten, sagt Gollner und schließt die Tür.
Der Arzt steht am Fenster und schaut in den Hof hinunter.
– Freuen Sie sich schon auf das Fest? Das wird doch mal eine Abwechslung. Alle sagen, es wäre der Höhepunkt jedes Jahr. Für mich ist es auch das erste Mal, sagt er und setzt sich hinter den Schreibtisch.
Der Arzt ist einem Moment lang still, zeigt dann auf den Stuhl.

– Ich habe Ihre Mutter besucht.

Daniel setzt sich. Der Arzt legt eine Plastiktüte auf den Tisch.

– Sie hat mir das für Sie mitgegeben.

Der Arzt zieht einen Pullover aus der Tüte. Daniel verschränkt die Arme. Der Arzt breitet den Pullover über den Schreibtisch, streicht mit dem Handrücken darüber wie der Verkäufer über ein teures Kleidungsstück.

– Sie mögen ihn sehr, sagt Ihre Mutter.

– Er ist mir zu klein geworden, ich kann ihn nicht ausstehen.

– Ihre Mutter sagte, Sie würden sich freuen.

– Sie hat ihn zu heiß gewaschen, die dumme Kuh.

Daniel steht auf, geht zur Tür.

– Es gibt Mittagessen.

– Wir haben noch zwanzig Minuten.

– Ich habe keine Lust, mich über beschissene Pullover zu unterhalten.

Der Arzt steht hinter dem Schreibtisch, er hält sich den Pullover vor die Brust. Emotions run deep as oceans explodin'. Hat den Kopf schräg gelegt, die Kapuze an der Wange.

– Geben Sie her, ruft Daniel von der Tür aus.

– Haben Sie den geschenkt bekommen?

– Selbst gekauft. Geben Sie her, sagt Daniel und kommt zum Tisch zurück.

Der Arzt setzt sich, faltet den Pullover zusammen, langsam und exakt.

– Setzen Sie sich, sagt er und schiebt den Pullover in die Tüte zurück, das Knistern der Tüte ist stechend laut.

Daniel steht hinter dem Stuhl, die Hände auf der Lehne.

– Ich hab ihn mit Kathrin gekauft. Ich bin zu alt, um mir die Sachen von meiner Mutter kaufen zu lassen, hat sie ge-

sagt und ist mit mir den Pullover kaufen gegangen. Und die dumme Kuh hat ihn zu heiß gewaschen.
– Würden Sie sich bitte setzen, unser Gespräch ist noch nicht beendet.
Der Arzt hat beide Hände auf der Tüte liegen. Daniel setzt sich.
– Ich wollte mit Ihnen über das Frühlingsfest reden. Es wird ein Programm geben, das von den Patienten gestaltet wird.
Daniel greift nach der Tüte, der Arzt hält sie fest.
– Ich möchte, daß Sie sich bis morgen überlegen, wie Ihr Beitrag aussehen wird. Haben Sie das verstanden? Schauen Sie mich an, bitte.
Daniel sieht auf, weiß nichts zu sagen. Dann sieht er ein Zittern in den Augen des Arztes und nickt.
– Der Pullover gefällt mir, er ist bestimmt nicht zu klein. Sicher war er vorher zu groß, sagt der Arzt und läßt die Tüte los.
Das Zittern in den Augen breitet sich über das Gesicht aus, und der Arzt muß die Augen zusammenkneifen. Daniel nimmt die Tüte und geht zur Tür.
– Ich überlegs mir bis morgen, sagt er.
– Ja, Guten Appetit, sagt der Arzt.

Im Tagesraum sitzen sie schon an den Tischen mit den Tellern vor sich. Jemand klatscht in die Hände.
– Es gibt Grützwurst. Wir haben Hunger! ruft René Schneider.
Daniel geht zu seinem Platz. Jader beugt sich zur Mutter hinüber und flüstert etwas. Janine starrt auf den Teller.
– Dann sind wir ja vollständig. Auf gehts, ruft Gollner und schließt die Gittertür.
Die Gabeln schlagen gleichmäßig auf die Teller.

– Grützwurst wird aus Engeln gemacht! ruft René Schneider und lacht.

Janine zeichnet mit der Gabel Linienmuster ins Essen.

– Engelchen, jetzt iß doch, sagt Jader.

– Laß mich, du Wichser! ruft Janine.

Die Mutter greift ihren Arm. Janine hält ihr die Gabel unters Auge. Gollner schlägt gegen die Gittertür, die Gabel fällt auf den Tisch. Janine steht auf und geht zur Gittertür, die Gollner ihr öffnet.

– Nimms nicht zu ernst mit deiner Diät, sagt er. Das gibt nur Hautlappen, wenn du zu schnell abnimmst.

– Propper Engelchen! ruft Jader und streicht der Mutter über die Wange.

Die Mutter weicht zurück und sieht zu Daniel herüber.

– Glotz nicht!

Das Fenster am Ende des Gangs im Patiententrakt ist ausgefüllt vom blaßblauen Himmel. Daniel flimmert es vor den Augen, und einen Moment lang ist es ihm, als fließe das Blau zwischen den Gittern in den Gang hinein, der Linoleumboden schwankt, doch die Wände geben dem Himmel nicht nach, und Daniel wird eng um die Brust. Eine Tür öffnet sich. Janines Stimme ist weit weg.

– Schau nicht so blöd, sagt sie.

Dann spürt Daniel eine Hand an seiner Wange.

– Was ist mit dir? sagt Janines Stimme.

Daniel hockt gegen die Wand gelehnt, sein Atmen ist tief und heftig. Er spürt kühl die Hand an seiner Wange und sein Atmen wird langsamer.

– Nichts ist, sagt er.

– Dann ist ja gut, sagt Janine.
Sie schaut auf ihn herab.
– Steh doch auf.
Daniel kann es nicht. Janine setzt sich neben ihn und sieht auf den Boden zwischen ihren Füßen. Noch immer hat alles einen bläulichen Stich. Die Narbe auf Janines Wange ist violett.
– Freust du dich auf das Fest? sagt Janine. Ich habe mich schon letztes Jahr gefreut, als Frühling wurde, und dieses Jahr halt ichs kaum aus. Deshalb feiern sie das Fest mit uns, damit wirs nicht aushalten.
Das Blau verzieht sich durch die Gitter nach draußen. Janines Gesicht ist fahl, die Narbe ein rosa Strich. Sie greift nach der Plastiktüte, die neben Daniel liegt, nimmt den Pullover heraus und breitet ihn aus. Sie hebt ihn vor das Gesicht. Daniel reißt ihr den Pullover aus der Hand, stopft ihn in die Tüte.
– Der stinkt nach Weichspüler, hör auf, sagt er.
Steht dann auf und streckt Janine die Hand hin. Gollner kommt den Gang entlang.
– Immer noch fix und alle, Fräulein, von dem bißchen Rennen? Da hilft nur Training, sagt er.
Er nimmt Daniels Hand und zieht ihn mit sich.
– Hier ist dein Zimmer, Kleiner.

Im Zimmer steht Jader am Fenster mit einem Buch in der Hand.
– Doch schau ihm nicht beim Ficken ins Gesicht und seine Flügel, Mensch, zerdrück sie nicht, liest er vor.
Daniel legt den Pullover aus der Plastiktüte in den Spind.

– Hast du das gehört? sagt Jader. Das bringt es doch wunderbar auf den Punkt, fick den Engel, aber laß ihm seine Flügel. Das war dein Fehler, du hast deinem Engel die Flügelchen zerbrochen.

Daniel hockt sich zu Boden und faltet die Plastiktüte, streicht sie glatt, öffnet sie noch einmal und schüttelt den Zungenstein heraus.

– Und fick ihn, liest Jader. Stöhnt er irgendwie beklommen, dann halt ihn fest und laß ihn zweimal kommen. Sonst hat er dir am Ende einen Schock.

Er schaut auf Daniel herab.

– Heiß ihn dir ruhig an die Hoden fassen. Sag ihm, er darf sich ruhig fallenlassen. Dieweil er zwischen Erd und Himmel hängt.

Er beugt sich herab. Daniel hält den Zungenstein in der Faust, geht zum Bett hinüber, legt sich hinein.

– Hast dir wieder einen Engel ausgesucht, sagt Jader. Eine fette Putte. Und wirst ihm wieder alle Knochen brechen.

Schlägt das Buch zu.

– Ihr werdet nicht fliegen lernen.

Daniel zieht die Decke über den Kopf. In der Faust ist der Zungenstein, hart aber warm. Die Decke wird weggezogen. Daniel setzt sich auf, so plötzlich, daß Jader zurückschreckt. Und seine Flügel, Mensch, zerdrück sie nicht, sagt der Zungenstein.

– Es ist wieder Frühling, Jader, sagt Daniel. Da hängt sich hier immer einer auf.

Jader geht hinüber zu seinem Bett und krault die Katze.

– Ja sicher, sagt er. Letztes Jahr wars die kleine Brandstifterin mit dem Gummi aus ihrer Unterhose.

12

Bei einer der Teambesprechungen hatte Tanner gesagt, das Frühlingsfest sei eine gute Gelegenheit, etwas für das Ansehen unserer Einrichtung in der Öffentlichkeit zu tun. Meine Öffentlichkeitswirkung wäre doch bestimmt enorm, hatte er gesagt und mich zum Vorsitzenden des Referats Außenwirkung, wie er es nannte, erklärt. Noch am gleichen Tag war er in meinem Arbeitszimmer aufgetaucht und hatte sich auf den für die Patienten bestimmten Platz gesetzt. Vor mir auf dem Tisch lagen Bilder des von Daniel getöteten Mädchens ausgebreitet. Ich schob sie zusammen.

– Müssen das nicht verstecken, sagte Tanner.

Er nahm eines der Bilder in die Hand. Das Mädchen lag auf einem metallenen Tisch, an eine Wunde an ihrer Stirn war ein Maßband gelegt.

– Sie kommen voran, wie ich sehe, sagte er und warf das Bild zurück.

– Ich glaube, ich weiß langsam, woran ich bin, sagte ich und ließ die Bilder in den braunen Umschlag gleiten.

Tanner schlug die Beine übereinander, er schaute mich mit einem starren Lächeln an und sagte nichts.

– Aber ich bin natürlich immer noch ganz am Anfang, sagte ich.

Tanner nahm sein Portemonnaie aus der Hosentasche und zog eine gelbe Visitenkarte hervor. Er drehte sie zwischen den Fingern.

– Maria meint, sie würde so gern mal sehen, wie ich lebe, zusammen mit meiner Frau. Sie meint, es wäre eine gute Idee, ich würde euch einmal einladen, Maria und Sie. Meine Frau würde Züricher Geschnetzeltes kochen, das macht sie immer, wenn Gäste kommen. Was halten Sie davon? sagte er.

– Ich weiß nicht, ob das eine gute Idee ist.

– Eine großartige Idee, wir hatten an Mittwochabend gedacht. Da haben Sie sicher noch nichts vor.

Er legte die Visitenkarte auf den Tisch.

– Und mit dem setzen Sie sich noch heute in Verbindung.

Die Schrift auf der Karte war unscharf und die Ränder ungerade geschnitten. Gernot Böhme. Journalist.

– Das ist ein Loser, ich kenne ihn seit Jahren, wir sind zusammen zur Schule gegangen. Der macht uns keine Probleme. Erzählen Sie ihm, daß wir den Frühling feiern. Daß wir die Gemüter heben mit einem großen Fest. Der Frühling schmilzt die kalten Kinderfickerherzen, und wir helfen ihm dabei. Vom Eise befreit sind Strom und Bäche.

Tanner breitete die Arme aus und lachte und brach plötzlich ab, als er merkte, daß ich nicht mit ihm lachte. Er schlug auf die Karte auf dem Tisch.

– Wir nutzen die Zeit, in der unsere liebe Chefärztin ihre Krankheiten pflegt. Ich verhelfe diesem Laden zu öffentlichem Ansehen.

Er stand auf und ging zur Tür und drehte sich noch einmal um.

– Sie mögen doch Züricher Geschnetzeltes? Meine Frau kann auch noch einen Gemüsekuchen, wenn Sie das lieber wollen, macht sie auch das.

– Geschnetzeltes ist sehr gut für mich.

– Schön, wenns gut für Sie ist. Bringen Sie doch eine Flasche Wein mit. Ich verlaß mich da ganz auf Ihren Geschmack.

– Vino tinto, sagte er und ging.

Ich wählte die Telefonnummer, die auf der Karte stand. Es klingelte lange, und ich wollte gerade auflegen, als sich eine Stimme meldete, von der ich nicht wußte, ob sie einem Mann oder einer Frau gehörte. Die Stimme nannte die Nummer des Anschlusses und schwieg dann. Nur die Musik eines Streichorchesters war zu hören. Ich wolle mit Gernot Böhme, dem Journalisten, sprechen, sagte ich.

– Ja, sagte die Stimme.

Die Tür öffnete sich, Maria kam herein und setzte sich auf die Kante des Schreibtischs.

– Was wollen Sie denn von ihm? sagte die Stimme.

Maria fuhr die Linien auf ihrem Handteller nach, während ich in den Telefonhörer vom Frühlingsfest erzählte.

– Tanner hat Ihnen meine Nummer gegeben, sagte die Stimme. Tanner will einen Gefallen von mir.

– Wir dachten, es wäre eine interessante Geschichte für Sie.

– Ich soll ihn groß rausbringen, den lieben Bernd Tanner.

Maria stand auf, ging hinter mich und legte mir die Hände auf die Schultern.

– Sie hätten für diesen Tag freien Zugang zu unserer Einrichtung, sagte ich.

Die Stimme schwieg, und Maria strich mir mit den Daumen über den Nacken.

– Es wäre Herrn Oberarzt Tanner eine Freude, wenn Sie den Auftrag übernehmen würden, sagte ich.

Die Stimme machte ein Geräusch, von dem ich nicht wußte, ob es ein Lachen oder ein Husten war. Ich bat den Journalisten, am nächsten Tag zu einem Vorgespräch in die Klinik zu kommen.

– Wie Sie wünschen, sagte die Stimme, dann wurde ohne ein weiteres Wort aufgelegt.

Ich spürte Marias Atem in meinen Haaren und drehte mich plötzlich um. Sie gab mir einen Kuß auf die Stirn. Ich stieß sie weg, heftiger, als ich gewollt hatte. Sie taumelte zurück.

– Spinnst du! rief sie.

– Warum hast du das getan? rief ich, nur deshalb laut, weil auch sie laut gesprochen hatte.

– Dich geküßt? Tut mir leid, ich komm dir nie wieder nahe.

Sie ging zum Fenster und stand regungslos, und ich ging ihr hinterher, berührte sie am Arm, und sie nahm meine Hand.

– Warum hast du uns bei Tanner eingeladen? sagte ich.

– Ich küß dich nie wieder, sagte sie.

Sie wollte sich wieder zum Fenster drehen, ich hielt sie zurück und küßte sie. Einen Moment später schob sie mich weg.

– Du sollst nicht immer so grob sein. Überleg dir doch einmal vorher, was du machst, sagte sie und ging zur Tür.

– Es tut mir leid, sagte ich.

Unten auf dem Hof sah ich Daniel, wie er nach einem der grünen Wimpel sprang, ihn aber nicht erreichte. Abel, der Arbeitstherapeut, drückte ihm einen Eimer in die Hand. Daniel begann, Gras auszurupfen, das zwischen dem Kies hervorwuchs.

– Jetzt komm doch essen, sagte Maria.

Tanner saß schon beim Essen, als wir in die Kantine kamen. Die Küchenfrau stand stumm neben seinem Tisch und sah zu, wie er die Grützwurst in sich hineinlöffelte. Wir stellten uns an die Theke und warteten.

– Und die Milch gab es damals in Flaschen, weißt du noch? sagte die Küchenfrau irgendwann.

– Ich esse, sagte Tanner.

Maria schlug gegen die Glasscheibe der Vitrine. Tanner zeigte in unsere Richtung, und die Küchenfrau kam zu uns herüber.

– Heute ist nur noch Grützwurst, nichts anderes mehr, sagte sie und tat uns kellenweise auf.

Wir setzten uns zu Tanner.

– Iß meins noch, sagte Maria und stellte Tanner ihren Teller hin.

Tanner nickte, schob Maria seinen leeren Teller hinüber und aß weiter. Maria sah ihm eine Zeitlang zu, dann strich sie ihm durch die Haare. Er griff ihre Hand, hielt sie für einen Moment und legte sie dann sanft auf den Tisch. Er sah zu mir herüber.

– Schmeckts dir? sagte Maria.

Tanner lächelte und wischte sich durch den Bart.

– Dem Kleinen schmeckts, sagte Maria. Hat gestern schon seine Grützwurst gehabt und heute wieder, und wieder schmeckts dem Kleinen. Hat die Mutti dir wieder deine Grützwurst gemacht.

– Das ist der Oberarzt! rief die Küchenfrau.

Tanner schlug mit seiner Gabel gegen meinen Teller.

– Das Zeug ist komisch heute, da ist irgendwas dran, das ich nicht leiden kann, sagte er und lachte laut.

– Da hat das Küchenmuttchen reingepißt, sagte Maria.

– Sag dem Flittchen, es soll den Mund halten! rief die Küchenfrau.
Tanner nahm Marias Hand, und die Fingerspitzen wurden weiß, er hob die Hand an seinen Mund und küßte sie.
– Meine Mutter pißt nicht in mein Lieblingsessen, sagte er.
Maria machte ihre Hand frei und stand auf. Tanner schlug noch einmal mit der Gabel gegen meinen Teller.
– Willst dus nicht mehr? sagte er.
Ich aß noch zwei Gabeln voll, dann schob ich ihm meinen Teller hin. Maria war schon zur Tür gegangen.
– Steht doch auf, wenn ihr fertig seid, sagte Tanner.
Ich folgte Maria zur Tür. Die Küchenfrau kam an Tanners Tisch heran.
– Warum schmeckt dir mein Essen nicht mehr, es ist doch alles wie immer, sagte sie.

Maria ging den gewundenen Weg zum See hinunter, und ich ging neben ihr, wir sprachen nicht. Über dem See war der Himmel so blendend blau, daß die Fabrik am anderen Ufer nur als Schemen zu erkennen war. In der Luft hing schwach der Geruch von Rauch. Wir standen so still nebeneinander, daß es mir peinlich wurde.
– Was wird hergestellt dort drüben? sagte ich.
– Schon lange nichts mehr, sagte Maria.
War dann wieder still.
– Laß uns zurückgehen, sagte ich.
Maria breitete die Arme aus.
– Es ist so warm, heute morgen hatte ich Herzklopfen, weils auf einmal so warm war. Ich hätte solche Lust zu schwimmen, bis rüber zur Fabrik, sagte sie.

Ich lachte und ging ein paar Schritte in Richtung der Klinik. Maria trat sich die Schuhe von den Füßen, zog sich die Strümpfe aus, dann die Hose. Einen Moment stand sie still und sah zu mir herüber. Das Licht über dem See war gleißend, und ich konnte ihr Gesicht nicht erkennen, nur ihre Silhouette, die schlank war wie die eines Jungen. Ich hob die Hand über die Augen, und Maria drehte sich um, ging langsam ins Wasser hinein, bis es ihr an die Pobacken reichte. Meine Augen begannen zu tränen und die Luft flimmerte, alles war weiß wie Papier.

– Ich habe mich entschieden, Konrad Walser, ich liebe dich, hörte ich Marias Stimme von weit her.

Ich kniff die Augen zusammen und öffnete sie und hatte immer noch das Gefühl, blind im Weiß zu stehen. Ich zog Schuhe, Strümpfe, Hosen aus. Ich mußte daran denken, daß der See jeden Sommer umkippte und mir ein Bekannter mal erzählt hatte, daß er nur wegen der Bäuche der Fische, die jedes Jahr in ihm trieben, den Namen Silbersee trug. Ich ging ins Wasser, und mit einem Mal sah ich alles übermäßig scharf. Die Fenster der Fabrik, deren Scheiben eingeworfen waren, große, eckige Scherben hingen in den Rahmen. Marias Mund, der lachte. Ihre Unterhose, die naß wurde bei einer kleinen Welle. Ich fragte Maria, ob sie wisse, warum der See Silbersee hieße.

– Wegen der Bäuche der Fische, sagte ich.

Und ich umarmte sie. Sie fuhr mir mit einer nassen Hand durchs Gesicht.

– Ich hab mich entschieden, sagte sie.

Und ging dann ans Ufer, zog sich an.

– Komm schon! rief sie. Wenn dich Tanner so sieht, glaubt der noch, du hast nen Knall!

Daniel saß vor mir, emotions run deep as oceans explodin' auf dem Pullover. Er legte den Zungenstein auf den Schreibtisch. Ich spürte noch immer die Kälte des Sees an den Beinen und Marias nasse Hand, dort, wo sie mir durchs Gesicht gefahren war.

– Ich hab mir überlegt, was ich beim Frühlingsfest mache. Ich will ein Zauberkunststück vorführen, sagte Daniel.

Ich sah in sein Gesicht, und es war mir plötzlich so vertraut, als würde ich es schon immer kennen.

– Früher in der Schule war ich in einer Arbeitsgemeinschaft bei unserem Geschichtslehrer, der hat uns Zauberkunststücke beigebracht. Ein paar kann ich noch. Helfen Sie mir, die Requisiten zu beschaffen?

Mir fiel ein, mein Großvater hatte einmal einen Schulfreund zu Besuch gehabt, der Zauberkünstler gewesen war. Ein kleiner Mann mit kahlem Kopf, rund und bleich wie ein Vollmond. Er hatte sich ein Messer in die Nase geschoben und es aus dem Ohr wieder hervorgezogen. Mein Großvater hatte gelacht und ich die ganze Nacht wach gelegen, das Gesicht des Zauberkünstlers, das aus Ohren und Nase blutete, vor mir.

– Helfen Sie mir, die Requisiten zu beschaffen? Sie müssen noch bei meiner Mutter sein.

Ich war mir in diesem Augenblick sicher, daß Daniel die Geschichte vom Freund meines Großvaters kannte. Aber ich konnte mich nicht erinnern, wann ich sie ihm erzählt hatte.

– Natürlich helfe ich Ihnen, sagen Sie mir nur, was Sie brauchen.

Daniel nahm den Zungenstein vom Tisch, ließ ihn einen Moment auf der offenen Hand liegen.

– Der hat mir geholfen, als ich letzte Nacht allein war, sagte er und steckte den Stein in die Tasche.

Er stand auf und ging. Ich drehte mich um zum Fenster und sah den hellblauen Himmel mit dem schwarzen Raster des Gitters davor. Und erinnerte mich, wie ich noch eben die Kälte des Sees an den Beinen gespürt hatte. Das Gefühl war verschwunden. Maria, wie sie im See stand, das Wasser bis zu den Pobacken, das war ein fremder Gedanke. Ich blätterte wieder durch Daniels Akte, betrachtete die Polaroids, und sie waren mir vertraut wie Daniels Gesicht. An dem toten Mädchen war nichts Schreckliches.

Ich war todmüde, als ich an diesem Abend ins Bett ging. Dann lag ich ruhig und wartete, daß ich einschliefe. Es verging eine lange Zeit und es gelang mir nicht. Ich stand auf, zog mich an und ging hinunter auf die Straße. Der Wind war frisch geworden und floß mir wie kaltes Wasser übers Gesicht. Ich lief, ohne zu wissen wohin. An einer Kreuzung sah ich die Nutte stehen, sie starrte mich über die breite, vierspurige Straße an. Wie aus einem Reflex heraus hob ich die Hand, um ihr zu winken. Sie drehte sich um und verschwand zwischen den Häusern. Ich ging weiter, las die Schilder über den Türen der großen Neubauten. Schwalbennest, Fuchsbau, Rehgarten. Ich suchte lange auf dem riesigen Klingelschild nach Daniels Nachnamen, fand ihn aber dann. Gerade als ich klingeln wollte, fiel mir ein, daß es mitten in der Nacht war und ich auch nicht wußte, was ich von Daniels Mutter wollte. Ich ging die vierspurige Straße entlang, auf der kein einziges Auto fuhr, die Bäume waren kahl und mir war plötzlich kalt. Ich kam zu einer kleinen Gasse, die hinter dem S-Bahnhof entlangführte, an den Laternenmasten lagen noch Flecken schmutzigen Schnees. In diesem Moment hatte ich das Gefühl, daß mir jemand folgte, ganz nah war, ich ihn aber nicht sehen konnte. Die Haut über meinen Ohren und am Hals spannte, und ich spürte mein Herz heftig schlagen. Die Kälte war jetzt so eisig, daß ich glaubte, mich nicht mehr rühren zu können. Ich blickte hinab in eine Pfütze vor mir und sah dort Marias Gesicht, die Augen starr geöffnet, mit einer Wunde an der Stirn. Ich überwand die Kälte und begann zu rennen und war ganz plötzlich wieder zu Hause. Ich zog mich nackt aus und warf mich ins Bett. Noch immer hatte ich das Gefühl, daß jemand in der Nähe war, hier im Zimmer, neben meinem Bett stand, sich über mich beugte. Ich riß die Augen auf. Aus den Ohren und der Nase des Zauberkünstlers spritzte Blut. Ich schreckte auf, und es war sehr still im Zimmer. Vor dem Fenster beleuchtete eine Laterne ein Stück kahle Hauswand. Ich ertrug die Stille nicht. Griff zur Fernbedienung und stellte den CD-Player an. There's always me, sang Elvis. Ich war allein.

Gollner brachte den Journalisten in mein Arbeitszimmer.
– Sie wissen hoffentlich, was Sie tun, sagte er und ging.
Der Journalist war klein und kahlköpfig und trug ein kariertes Jackett, das ihm zu groß war. Er setzte sich und fragte, ob er einen Kaffee haben könne. Ich sagte ihm, daß es schwierig sei, hier und um diese Zeit Kaffee zu

organisieren. Die vielen verschlossenen Türen. Das Gespräch würde auch nicht lange dauern. Er nickte mißmutig.

– Tanner will einen Gefallen von mir, sagte er, zog ein Diktiergerät aus der Tasche und legte es auf den Tisch.

– Das hier soll nur ein Vorgespräch werden. Es geht um unser Frühlingsfest. Wir bieten Ihnen an, darüber zu berichten. Ich glaube nicht, daß es jetzt schon etwas zum Aufnehmen gibt.

– Sie machen Ihre Arbeit, ich mache meine, sagte er und stellte das Diktiergerät ein. Was will denn Tanner nun von mir?

Ich wiederholte noch einmal, was ich ihm schon am Telefon erzählt hatte. Er starrte auf das Diktiergerät und schob es gelegentlich an einen anderen Platz auf dem Tisch.

– Ich beschönige nichts, sagte er plötzlich. Fakten und Realität sind mein Beruf. Sie dürfen nicht denken, daß ich mich kaufen lasse.

In diesem Moment kam Tanner herein. Er schlug dem Journalisten auf die Schulter.

– Gernot, nur kurz, ich hab keine Zeit, sagte er. Folgendes Geschäft, du kriegst ein Story, nach der sich selbst die richtige Journaille die Finger leckt. Exklusiver Einblick in den Psychoknast. Dafür lesen wir gegen, bevor dus veröffentlichst. In Ordnung, mein Guter? Willst du noch etwas? Einen Kaffee? Bin wirklich knapp, wir sehen uns.

Und verschwand wieder. Der Journalist lächelte, das Diktiergerät machte ein knarrendes Geräusch und blieb stehen. Ich fragte, ob ich ihm doch einen Kaffee besorgen solle, das wäre zwar umständlich, aber eigentlich doch kein großes Problem.

– Danke, Kaffee tut mir gar nicht gut. Der Magen, Sie kennen das. Wir sehen uns dann zu Ihrem Frühlingsfest, sagte er und stand auf.
Ich rief Gollner an. Der Journalist wartete an der Tür.
– Vergessen Sie Ihr Diktiergerät nicht, sagte ich.
– Das ist hinüber. Ich hab einen unglaublichen Verschleiß an den Dingern. Schmeißen Sie es weg, sagte er.
Dann kam Gollner und führte ihn hinaus.

Am Abend fuhren Maria und ich zu den Tanners. Sie wohnten in einem Einfamilienhaus in einer Siedlung am Rande der Stadt. Tanner öffnete die Tür, in seinen Pantoffeln waren Löcher.
– Ihr seid zeitig, sagte er.
Maria küßte ihn auf die Wange.
– Du weißt doch, daß Konrad immer fünf Minuten früher ist, sagte sie.
Ich gab ihm die Flasche Rotwein, die ich mitgebracht hatte. Er sah lange auf das Etikett.
– Vino tinto, sagte ich.
– Gertrud ist noch beim Kochen, sagte er. Geschnetzeltes kann sie wirklich großartig.
Er ging voran ins Wohnzimmer. Auf dem Sofa verteilt lagen Zeitungen. Tanner las sie ein. Holte Gläser und öffnete die Flasche Wein. Aus der angrenzenden Küche war das Geschepper von Töpfen zu hören. Tanner schenkte uns ein und begann, den Tisch zu decken.
– Kommt doch her, es gibt gleich Essen, sagte er.
Ich wollte ihm beim Verteilen des Bestecks helfen, aber er nahm es mir wieder aus der Hand.

– Trinkt noch was, sagte er und holte die Weinflasche vom Sofatisch heran.

Die Tür zur Küche öffnete sich langsam. Die Augen der Frau, die hereinkam, waren groß und leer und zwinkerten nicht. Um ihre Beine strich eine Katze. In den Händen hielt sie Schüsseln, die Daumen tauchten in das Essen. Sie stellte die Schüsseln ab und blieb neben dem Tisch stehen.

– Warum setzt du dich nicht, sagte Tanner, als er uns das Essen auftat.

Die Frau setzte sich und nahm die Katze auf den Schoß. Ich sagte meinen Namen und dankte für die Einladung. Sie nickte und kraulte die Katze, die laut zu schnurren begann.

– Dein Geschnetzeltes ist wieder vorzüglich, Gertrud, sagte Tanner.

Die Frau stand auf.

– Ich bin müde, ich geh schlafen, sagte sie mit verwaschener Stimme und ging.

Wir aßen schweigend. Das Fleisch im Geschnetzelten war halbroh, der Reis hart. Ab und zu hörte man die Schritte der Frau auf dem Flur. Einige Male senkte sich auch die Klinke der Tür, aber sie wurde nicht geöffnet. Als wir mit dem Essen fertig waren, hob Tanner sein Glas.

– Auf was wollen wir anstoßen? Auf euch? sagte er.

– Ja, Konrad und ich sind jetzt ein Paar, sagte Maria.

Tanner stieß sein Glas gegen das meine.

– Warum nicht! Auf euch! rief er und trank seinen Wein in einem Zug.

Ich stand auf. Ich sei müde, sagte ich. An der Tür nahm Tanner mich beim Arm.

– Den Böhme, den Journalisten, kenne ich seit der Schule, sagte er. Wir beide wollten Gertrud. Ich hab sie bekommen. Manchmal gewinnt man, manchmal verliert man. Vom Auto aus konnte ich Tanner und seine Frau im erleuchteten Schlafzimmer sehen. Sie drückte die Katze fest an ihre Brust. Er strich ihr durchs Haar und küßte ihr die Stirn.

– Das Essen war widerlich, sagte Maria. Beinahe hätte ich gekotzt.

13

Die Mutter steht reglos in der Mitte des Besucherzimmers, sieht nicht zu Daniel, sondern zu Gollner. Das Besucherzimmer wird das Apartment genannt. Es gibt ein Sofa und einen flachen Tisch, eine Küchenzeile und ein Bad mit Dusche und Toilette.
– Wir haben Ihnen das Apartment für zwei Stunden reserviert, sagt Gollner. Das Sofa kann man ausziehen, aber das ist mehr für die Ehepaare gedacht.
Er hängt der Mutter einen kleinen, schwarzen Kasten um den Hals.
– Wenn Sie hier an der Schnur ziehen, wird Alarm ausgelöst.
Er lacht.
– Benimm dich ordentlich, sagt er zu Daniel und geht.
Die Tür wird verschlossen. Die Mutter nimmt den Einkaufskorb, der neben ihren Füßen steht, und geht zur Küchenzeile hinüber. Sie setzt Wasser auf, nimmt einen abgepackten Kuchen aus dem Korb.
– Was willst du hier? sagt Daniel.
– Du hast ja den Pullover an, den ich deinem Arzt mitgegeben habe. Er ist dir zu klein geworden, sagt die Mutter. Dein Arzt ist ein guter Arzt. Er macht sich so viel Mühe mit dir. Er war sogar bei uns zu Hause. Ich soll dich von Großmutter grüßen.
Daniel setzt sich aufs Sofa. Die Mutter gießt Tee auf, schneidet den Kuchen, stellt Daniel einen Teller mit mehreren

Stücken hin und geht zurück zur Küchenzeile, wischt die Krümel zusammen.
– Iß, ich habe es nicht mehr geschafft, selbst zu backen, aber ich habe den mit den Schokosplittern gekauft, den du so magst. Dein Arzt sagt, ihr habt morgen ein Fest hier und du willst Kunststücke zeigen. Ich habe ihm deine Requisiten gegeben.
– Ich habe keinen Hunger.
Die Mutter holt den Teller, legt die Kuchenstücke zurück in die Verpackung.
– Dann heb dir den Kuchen auf, vielleicht hast du ja morgen Appetit darauf.
Die Mutter wäscht den Teller ab, wischt Krümel zusammen, nimmt ein Glas aus dem Küchenschrank und wäscht es ab. Daniel steht auf und geht zur Mutter hinüber, sie dreht sich plötzlich um.
– Großmutter wäre gern mitgekommen, sagt sie. Ich soll dich von ihr grüßen.
Daniel legt eine Hand an die Wange der Mutter, dann den Kopf an ihre Brust.
– Großmutter ist alt geworden in letzter Zeit. Sie sagt, du wärst gestorben. Ich sage ihr, daß du noch lebst und bald zu uns zurückkommst. Manchmal glaubt sie mir nicht mehr.
Der Alarm schrillt, und Daniel hält die Schnur in der Hand. Gollner kommt herein und packt Daniel am Arm.
– Er hat mir nichts getan! ruft die Mutter. Es tut mir leid.
Sie gibt Gollner den kleinen, schwarzen Kasten, nimmt den Einkaufskorb und geht schnell aus dem Zimmer.

Janine sitzt neben dem Aquarium im Tagesraum. Daniel schaut in das Wasser, das wie dunkle Tinte aussieht.

– Meerjungfrau, sagt er.

– Seit letzter Woche sind sieben Fische gestorben, denen tut das Wetter nicht gut, sagt Janine und schlägt gegen die Scheibe.

Daniel setzt sich zu ihr. Drüben beim Fenster stehen Jader und Janines Mutter. Jader klopft gegen das Fenster, sagt etwas, und Janines Mutter lacht laut. Janine nimmt die Futterdose, öffnet sie und zählt sieben tote Fische auf den Tisch. Sie legt sie in eine Reihe, der Größe nach geordnet.

– Der Kleine ist jeden Tag aus dem Aquarium gesprungen und hat dann zappelnd am Boden gelegen, bis ich ihn ins Wasser zurückgeworfen hab. Gestern wollte ich ihn nach draußen spülen, durchs Klo. Aber dann war Mutter scheißen gewesen, und es hat so gestunken im Bad, da konnte ich ihn nicht ins Klo werfen. Und als ich zurück war beim Aquarium, war der Kleine schon tot.

Janines Mutter schlägt heftig gegen die Fensterscheibe und brüllt vor Lachen. Gollner erscheint hinter der Gittertür. Jader nimmt die Mutter in den Arm.

– Ist schon gut, Gollner, sagt er. Die ist nur fröhlich, das macht das warme Wetter.

– Sie kann auch die kühle Luft der Iso genießen, sagt Gollner.

Jader streicht der Mutter durchs Haar, und die Mutter wird still, hat nur noch ein Lächeln im Gesicht, sieht herüber zu Janine.

– Kanns nicht immer Frühling sein? sagt sie.

Gollner geht. Die Mutter und Jader sehen wieder aus dem Fenster, die Mutter hat den Kopf an Jaders Schulter. Janine schaut ins schwarzgrüne Wasser, und Daniel sieht ihr

Gesicht als Spiegelung in der Scheibe, wie es die Augen schließt, und er streckt die Hand nach ihr aus. Dann zuckt etwas durch das Gesicht, als wäre eine Hand im Aquarium, die von innen gegen die Scheibe schlägt.

– Hör auf, sagt Janine.

Und sammelt langsam die toten Fische in die Futterdose zurück. Daniel nimmt ihr die Dose aus der Hand.

– Komm mit, sagt er.

Er geht zum Patiententrakt, und als er die Gittertür öffnet, folgt ihm Janine.

Daniel öffnet den Klodeckel, spült noch einmal, und dann, als das Wasser sich beruhigt hat, läßt er einen Fisch nach dem anderen in das Becken fallen.

– Die haben alle Namen gehabt. Aber die hab ich vergessen, sagt Janine. Außer den von dem Kleinen, der hieß Wilfried.

– Wilfried?

– Ja, genau so, sagt Janine und drückt den Knopf der Spülung.

Muß dreimal drücken, bis alle Fische verschwunden sind.

– Jetzt sind sie im Rohr unter dem Tagesraum, sagt Daniel. Und jetzt fallen sie nach unten ins Erdgeschoß, und jetzt sind sie schon unten im Hof, und jetzt unter den Zäunen hindurch.

Janine schließt den Klodeckel und setzt sich darauf.

– Jetzt leben sie wieder, sagt Daniel. Sie sind im Fluß, der Fluß fließt sehr schnell und bringt sie zum Meer. Dort schluckt sie ein Wal, schwimmt mit ihnen nach Australien und spuckt sie wieder aus. Im großen Riff zwischen roten und blauen Korallen leben sie dann.

– Niemand lebt wieder, wenn er einmal tot ist, sagt Janine und sitzt jetzt sehr aufrecht auf dem Klo.
– Wilfried in Australien schon.
Daniel spürt, daß von Janine auf einmal etwas ausgeht, das ihn schwanken läßt. Er greift nach dem Rand des Waschbeckens, und dann sagt Janine:
– Warum hast du es getan?
Der Fisch in Australien treibt tot zwischen den Korallen. Und Kathrin liegt in einer Pfütze hinter dem S-Bahnhof, den rotschwarzen Schal um den Hals.
– Ich habe meinen Vater gehaßt. Ich habe nicht mehr ertragen, daß wir in der gleichen Welt sind. Mutter ging es auch so. Deshalb haben wir ihn umgebracht. Hast du das Mädchen auch gehaßt?
Daniel schüttelt den Kopf. Er dreht sich weg und sieht sich im Spiegel. Sieht das Gesicht mit Augen, Mund und Nase, die ihm fremd sind. Weiß, dies ist das Gesicht des Menschen, der Kathrin getötet hat. Fragt das Gesicht: Warum hast du es getan? Und das Gesicht regt sich nicht, gibt keine Antwort. Ist so stumm, daß Daniel es zu hassen beginnt. Dann taucht Janine im Spiegel auf. Janines Gesicht ist Daniel vertrauter als sein eigenes. Janines Gesicht will eine Anwort. Daniels Kopf schmerzt, das Gesicht im Spiegel verzieht sich.
– Ich weiß es nicht, sagt Daniel.
Sein Gesicht im Spiegel weint.

Auf Daniels Bett liegen die Requisiten: Die Kiste, die golden und silbern glitzert, die Kartenspiele und die Seidentücher. Jader öffnet die Kiste und steckt seinen Arm hinein, der bis zur Schulter darin verschwindet.

– Zaubertricks fand ich schon immer spannend, sagt er.

– Es geht dich aber nichts an, sagt Daniel und schlägt den Deckel der Kiste gegen Jaders Arm.

Jaders Hand ist groß, als sie aus der Kiste kommt. Sie legt sich an Daniels Wange. Der Daumen streicht über die Schläfe.

– War deine Mutter nicht lieb zu dir? sagt Jader.

Die Wärme, die von der Hand ausgeht, tut Daniel wohl.

– Ich habe sie gesehen, als sie das Zeug hierher gebracht hat. Du siehst ihr nicht ähnlich. Niemand würde glauben, daß sie deine Mutter ist. Sie hat gesagt, ich soll auf dich aufpassen. Vielleicht habe ich sie an deinen Vater erinnert. Sehe ich deinem Vater ähnlich?

Daniel schiebt Jaders Hand beiseite.

– Ich weiß nicht, wie mein Vater aussieht, sagt Daniel.

Jaders Hand kommt wieder näher, am Daumen ist eine kleine, hellrote Wunde.

- Vielleicht bin ich ja dein Vater, sagt Jader.

Die Haut an Daniels Schläfe brennt. Er tritt zurück und stößt gegen das Bett, schlägt gegen Jaders Arm.

– Sei froh, daß dus nicht bist! sagt er.

Jader faßt Daniels Handgelenk, so fest, daß Daniels Fingers steif werden.

– Ich bins. Was willst du machen? sagt er.

Zieht Daniel zu sich heran. Daniel spuckt ihm ins Gesicht. Jader lächelt und streicht ihm über den Kopf. Die Tür öffnet sich und der Arzt kommt herein. Der Griff um Daniels Handgelenk wird schwächer, aber Jader läßt ihn nicht los.

– Ich habe noch einmal mit Ihrer Mutter gesprochen, sagt der Arzt. Ich habe Ihnen ja gesagt, daß Sie sich nicht zu

viel erwarten sollen. Aber ich glaube, es war zumindest ein Anfang, daß sie hier war.
– Meine Mutter ist mir scheißegal. Wegen mir kann sie abkratzen, sagt Daniel.
Der Arzt sieht auf Jaders Hand.
– Nicht jeder versteht sich mit seinen Eltern, Herr Doktor, sagt Jader. Ich habe angefangen, meine zu hassen, als mir meine Mutter einmal eine Ohrfeige gab, weil ich zugesehen hatte, wie sie meinem Vater einen blies.
– Ich rede nicht mit Ihnen. Würden Sie bitte auf Ihre Seite des Zimmers gehen, sagt der Arzt.
Jader lacht.
– Sie müssen Humor lernen, Doktor. Ich habe meine Mutter immer geliebt. Selbstverständlich habe ich sie geliebt, sagt er und geht hinüber zu seinem Bett.
Der Arzt nimmt Daniels Hand, schaut auf die Fingerabdrücke am Handgelenk.
– Wenn Sie wollen, können wir auch noch einmal in mein Zimmer gehen, sagt er.
Daniel schüttelt den Kopf und dreht sich um, räumt die Requisiten vom Bett. Eine Hand legt sich auf seine Schulter, berührt die Wange.
– Was wollen Sie denn von mir! schreit Daniel den Arzt an.
– Ich habe mit Frau Wilhelm gesprochen, sie bringt morgen ihr Kaninchen mit für Ihre Aufführung, sagt der Arzt.
Seine Augen sind groß und zwinkern nicht, und Daniel sieht sich als Schemen darin und dreht sich weg.
– Der ist nur aufgeregt wegen des Fests, sagt Jader.
Es ist einen Moment still, dann wird die Tür geschlossen. Jaders Stimme spricht:

– Ich habe meine Mutter immer geliebt und sie hat mich geliebt. Und als sie dann starb, saß ich an ihrem Bett. Ich geh jetzt zu den Engelein, mein Kleiner, und grüß sie von dir, war das letzte, was sie sagte.
Daniel hat den Blick fest auf die Wand gerichtet, vor seinen Augen schwimmt es weiß.
– Doch schau ihm nicht beim Ficken ins Gesicht. Und seine Flügel, Mensch, zerdrück sie nicht, hört er Jaders Stimme sehr leise sagen.

In der Nacht weckt Daniel ein Luftzug auf. Er steht auf und schließt das Fenster. Das Licht der Scheinwerfer im Hof läßt die Konturen scharf hervortreten. Jader liegt lang ausgestreckt auf dem Rücken und atmet tief. Die Katze Else liegt zusammengerollt auf seiner Brust. Daniel geht zurück ins Bett. Noch immer ist da der Luftzug, ganz leicht streicht er über Daniels Wange, wie ein sanftes Atmen. Das Gesicht der Mutter kommt ganz nah.
– Du hast doch was im Auge, sagt die Mutter.
Mit zwei Fingern schiebt sie die Lider auseinander. Ihr Gesicht kommt näher, die Zunge zwischen den Lippen. Ihr Atem riecht nach Kaffee und Zahncreme. Der eingedrehte Zipfel eines Taschentuchs streicht Daniel durchs Auge.
– Eine Wimper. Du kannst dir was wünschen, sagt die Mutter.
Daniel setzt sich auf. Jader dreht sich auf die Seite und die Katze Else fällt zu Boden. Das Auge tränt. Die Katze liegt mit angewinkelten Beinen auf dem Rücken. Im Scheinwerferlicht ist im Zimmer alles steif wie die Katze. Auch Jader rührt sich nicht mehr. Daniel legt sich zurück und zieht die

Decke über den Kopf. Die Stille drückt. Das Scheinwerferlicht hat selbst die Luft erstarrt, da ist kein Luftzug mehr. Nur das Auge tränt.

– Du kannst dir was wünschen, sagt Daniel leise. Wünsch dir etwas, und es geht in Erfüllung.

14

Im Hof waren Biertische aufgebaut. Janine und ihre Mutter teilten Kaffee und Kuchen an die Patienten aus. René Schneider saß auf einem kleinen Podest, spielte Akkordeon, sang:
– Nach der Heimat möchte ich wieder, nach dem teuren Vaterort. Wo man singt die frohen Lieder, wo man spricht ein sanftes Wort. Teure Heimat, sei gegrüßt, in der Ferne sei gegrüßt.

Tanner hatte mich dem Journalisten zugeteilt. Ich solle auf ihn aufpassen, damit nicht einer der Kreties ihn erschrecke. Ich bestellte Kaffee und Kuchen bei Janine, und sie ging, um es zu holen.

– Mein Magen, es wird immer schlimmer, sagte der Journalist. Aber ich werde den Kaffee trotzdem trinken. Ich will nicht, daß Sie blöd dastehen vor der Kleinen.

Als Janine die Tasse vor ihm hinstellte, starrte er auf die Narben auf ihrem Arm. Sie verschüttete den Kaffee. Tanner kam an den Tisch und schob das Diktiergerät des Journalisten aus der Kaffeepfütze.

– Motorik war ja noch nie deine Stärke, sagte er und schickte Janine eine weitere Tasse Kaffee holen.

Der Journalist nahm ein Papiertaschentuch und wischte damit in der Kaffeepfütze herum.

– Ich soll dich von Gertrud grüßen, sagte Tanner. Letztens beim Fernsehen hat sie angefangen von dir zu sprechen. Sie hat mir von eurem Urlaub damals in der Tatra erzählt.

Du hast dir den Fuß verknackst, und sie mußte dich zurückschleppen. Es lief gerade Lassie im Fernsehen.

Das Taschentuch war vollgesogen, der Journalist hielt einen braunen Klumpen in der Hand, und auf dem Tisch schwamm es noch immer. Tanner nahm ein Stück Kuchen und gab es dem Journalisten.

– Versuchs damit aufzutunken, sagte er.

Der Journalist drückte den Kuchen in die Kaffeepfütze. Der Kuchen zerfiel, der Tisch war bald mit braunem Brei überzogen.

– Warum war ich damals eigentlich nicht mit euch in der Tatra? Das muß die Zeit gewesen sein, als ich etwas mit, wie hieß sie denn noch, hatte. Deine große Zeit. Jetzt nicht melancholisch werden, Gernot. Mein Gott, was für eine Schweinerei, willst du Kleckerburgen bauen?

Der Journalist schüttelte die Hände.

– Paß auf, du Ferkel! rief Tanner. Die Irren müssen ja denken, ich hab ihnen einen Idioten zum Spielen eingeladen.

– Sei gegrüßt in weiter Ferne, teure Heimat, sei gegrüßt, fielen ein paar Patienten in René Schneiders Gesang ein.

Ich sagte, daß ich mich noch um die Aufführung nachher kümmern müsse, und ließ die beiden allein.

Daniel stand etwas abseits und bereitete die Requisiten vor, blätterte durch ein Kartenspiel.

– Sind Sie aufgeregt? sagte ich.

– Der Herzbube fehlt, sagte er und kramte in seinen Taschen.

Drüben beim Tisch mit den Kuchen standen Jader, Janine und ihre Mutter. Die Mutter sah zu uns herüber, sagte etwas.

Jader lachte, fuhr mit dem Finger durch eine Cremetorte und schmierte es der Mutter auf die Nase. Daniel fielen einige Karten aus dem Fächer zu Boden. Ich hob sie ihm auf.
– Dann wird es doch auch ohne Herzbuben gehen, sagte ich.
Als er die Karten nahm, sah ich auf seinem Handrücken einen kleinen Leberfleck. Wie auf meinem. Daniels Leberfleck zitterte. Ich nahm seine Hand.
– Es geht alles gut, das verspreche ich Ihnen, sagte ich.
Mein Daumen strich über den Leberfleck, die Hand wurde ruhig. Daniel sah hinüber zu Janine. Sie stand ganz still, neben ihr küßte Jader der Mutter die Nase. Ich ließ Daniels Hand los. Janine drehte sich um und ging bis an den Zaun, sah hinaus in die Rapsfelder.
– Ich brauch jetzt das Kaninchen, sagte Daniel.
Ich rief nach Maria, die mit dem Tier auf dem Schoß zusammen mit Gollner an einem Biertisch saß. Sie kam herüber.
– Das ist Walter, sagte sie und hielt das Kaninchen mit beiden Händen vor Daniels Gesicht. Walter war einmal ein Zwergkaninchen, aber dann war ihm so langweilig, daß er sich zum Großkaninchen gefressen hat.
Sie drückte Daniel das Kaninchen in die Hand.
– Jedes Gramm wert, sagte sie.
– Ich hab doch noch ein paar Minuten? sagte Daniel.
Das Kaninchen strampelte, und er mußte es unter den Arm klemmen, damit er es halten konnte.
– Wir freuen uns schon, sagte ich.
Daniel nickte und ging zu Janine hinüber. Maria nahm meine Hand, küßte sie. Küßte den Leberfleck. Daniel streckte Janine das Kaninchen hin wie ein Geschenk.

– Du schaust wie Walter, wenn es donnert, sagte Maria. Komm, Tanner legt sicher Wert auf unsere Gesellschaft.

Tanner hatte dem Journalisten den Arm um die Schultern gelegt.

– Gertrud ist eine gute Frau, sagte er. Und wie alle guten Frauen hat sie ihre Probleme. Je komplexer das Gerät, desto schwieriger die Feinabstimmung, verstehst du? Er zog den Mund zu einem Grinsen breit, als er uns sah, und klopfte auf die Bank neben sich. Wir setzten uns.

– Meine besten Mitarbeiter, Gernot, sagte Tanner. So einen Laden hier kannst du nur schmeißen, wenn du wirklich gute Mitarbeiter hast. Und die beiden sind gut, verdammt gut. Er schlug mir auf die Schulter:

– Erzähl mal was!

Dann zog er eine kleine, flache Flasche aus der Tasche und reichte sie unter dem Tisch dem Journalisten. Der sah sich mit zwei kurzen Blicken um und nahm einen Schluck. Tanner gab die Flasche an mich weiter.

– Das ist hier ein Fest, mein Freund, ein Frühlingsfest. Heißahoppsassa. Aber nicht so viel, immerhin obliegt dir eine gewisse Verantwortung.

Er lachte. Ich gab die Flasche Maria, diese wollte sie Tanner zurückgeben.

– Trinkt! Das ist eine Weisung! rief Tanner plötzlich heftig.

Maria trank kurz, gab die Flasche Tanner zurück und küßte mich auf die Wange.

– Laßt uns froh und munter sein, sagte sie.

– Der soll auch trinken. Ich, der Oberarzt, habe angewiesen, daß der trinken soll, der Unterarzt!

Maria winkte mir, daß ich aufstehen solle, und rutschte dann an Tanner heran. Ihre Hand legte sich auf seinen Oberschenkel.

– Du mußt jetzt gar nicht wieder lieb sein, sagte Tanner.

– Ich will aber wieder lieb sein, sagte Maria.

Der Journalist hatte nun einen Schreibblock und notierte. Tanner schob Marias Hand weg und setzte sich mit einem Mal sehr aufrecht hin.

– Richtig, du bist hier zum Arbeiten. Wir arbeiten auch, Gernot. Es ist keine leichte Arbeit, die psychische Belastung. Da helfen nur klare Strukturen und ein gutes Betriebsklima. Ich kann das verbinden, wie du gesehen hast. Die Mischung macht den Erfolg. Ich sag dir jetzt, wie dus am besten schreibst. Den richtigen Ton finden.

Am Zaun stand eine alte Frau, die an jeder Hand ein kleines Mädchen hielt. Ich ging zu ihr hinüber. René Schneider sang:

– Ach hätten deine Augen die meinen nie gesehen. Dann wäre meinem Herzen nicht so viel Leid geschehen. Ach hätten deine Lippen die meinen nie geküßt. Dann wüßte meine Seele noch nicht, was Liebe ist.

– Die Menschen hier feiern, weil das Wetter so schön ist. Da freuen sie sich, sagte die alte Frau.

– Und warum ist ein Gitter um die Menschen drumrum, fragte eines der Mädchen.

– Weil es böse Menschen sind, sagte die Frau.

Als sie mich sah, begann sie zu lächeln.

– Warum sind sie denn böse? fragte das andere Mädchen.

– Das weiß ich nicht, sagte die Alte und lächelte noch immer. Fragt den Onkel, warum er ein böser Mensch ist. Er erzählt euch bestimmt gern, warum er anderen Menschen immer weh tun will.

Die beiden Mädchen schauten sich kurz an, dann sagten sie gleichzeitig:

– Warum willst du uns weh tun?

Als ich nicht antwortete, nickte mir die Frau freundlich zu. Dann rief sie nach einem Jungen, der etwas weiter weg am Zaun stand. Er versuchte, seinen Arm durch die Gitter zu schieben, um das Kaninchen zu streicheln, das Daniel und Janine ihm entgegenhielten. Doch der Abstand zwischen den beiden Zäunen war zu groß, als daß er es erreichen konnte. Die Frau rief ein zweites Mal, dann kam der Junge angerannt.

– Haben Sie noch ein fröhliches Fest, sagte die Frau und ging mit den Kindern davon.

Ich sah zu Daniel und Janine hinüber, die sich beide über das Kaninchen beugten. Ihre Wangen berührten sich. Daniel schaute plötzlich auf, und ich drehte mich mit einem Ruck weg. Maria stand neben mir.

– Schau nicht so, du bist doch nicht etwa eifersüchtig. Das mit Tanner hab ich nur getan, damit er wieder runterkommt.

Ich küßte sie auf die Wange.

– Ich kann nichts dagegen machen, sagte ich.

15

Janine steht am Zaun und schaut in den Raps hinaus.
– Ach hätten deine Augen die meinen nie gesehen. Dann wäre meinem Herzen nicht so viel Leid geschehen, singt René Schneider.
– Das ist Walter, sagt Daniel.
– Walter ist ein Scheißname, sagt Janine und nimmt das Kaninchen auf den Arm. Fett ist der auch.
– Der ist nicht fett, der ist groß.
– Der ist fett und häßlich wie ich. Ich hab ihn gern.
Sie drückt ihr Gesicht an den Bauch des Kaninchens:
– Und er stinkt.
– Ich hab dich gern. Stinkst du auch? sagt Daniel.
Janine hält das Kaninchen an Daniels Gesicht:
– Beiß den, los!
Daniel verknotet ihm die Ohren.
– Was macht ihr da? sagt ein kleiner Junge, der vor dem Zaun steht. Das tut dem Hasen weh.
– Genau, sagt Janine, streckt Daniel die Zunge heraus und entknotet Walters Ohren.
– Ich will den Hasen streicheln, sagt der Junge.
Und als er merkt, daß sein Arm zu kurz ist, um das Kaninchen durch die beiden Zäune zu erreichen:
– Ihr müßt lieb zu ihm sein!
Eine alte Frau ruft nach dem Jungen. Er schaut mit einem Mal sehr ernst:
– Versprecht es mir.

– Wir tun ihm nicht mehr weh. Wir haben ihn doch lieb. Ich versprechs, sagt Janine.
Der Junge wird noch einmal gerufen und läuft davon. Janine wiegt das Kaninchen auf dem Arm.
– Ich paß auf dich auf und Daniel auch, sagt sie.
Etwas weiter am Zaun stehen der Arzt und die Sporttherapeutin.
– Sind die verliebt? sagt Daniel.
Der Arzt gibt der Sporttherapeutin einen Kuß.
– Bestimmt, die heiraten und bald wird sie dick und kriegt Kinder, sagt Janine und gibt Daniel das Kaninchen auf den Arm: Viel Spaß jetzt euch beiden. Ich bin gespannt, was ihr mir zeigt.
Der Arzt kommt herüber.
– Wir sollten nicht mehr länger warten, sagt er.

Der Arzt steht auf dem Podium und bittet um Ruhe für den Höhepunkt des Nachmittags.
– Es ist Zeit! Wahrlich, ich sage euch, es kommt die Stunde und ist schon jetzt! ruft Jader und lacht.
– Anfangen! ruft Janines Mutter.
Daniel hält das Kaninchen mit beiden Händen, es muß noch in die golden und silbern glitzernde Kiste. Eigentlich ist es zu groß für das Geheimfach. Daniels Hände sind feucht, das Kaninchen ist sehr warm. Er setzt es in das Geheimfach und drückt, das Kaninchen quietscht leise, drückt die Klappe zu. Der Arzt nickt, und Daniel trägt die glitzernde Kiste auf das Podium, stellt sie auf einen Tisch. Die Sonne blendet. Daniel sieht den Arzt nur als Schemen, fühlt eine sanfte Berührung am Arm. Dann ist er allein auf dem Podium. Er kneift

die Augen zusammen, sieht die Gesichter nun ungewöhnlich scharf: Gollner unterhält sich mit der Küchenfrau. Der Oberarzt will der Sporttherapeutin etwas sagen, sie dreht sich weg. Jader und Janines Mutter sitzen aufrecht nebeneinander wie auf einem Thron. Hinter ihnen steht Janine, die Hand auf der Lehne, lächelt. Der Arzt etwas abseits, das Gesicht ängstlich wie das eines Dieners. Jader nimmt die Hand der Mutter, legt sie sich aufs Knie.
– Na los nun endlich! schreit Jader.
Daniel hustet. Will seinen Namen sagen und würgt. Zieht sich einen Frosch aus dem Hals. Aus Gummi. Beißt ihm den Kopf ab und wirft ihn zu Boden.
– Entschuldigung, Frosch im Hals, sagt er.
Der Arzt lacht.
– Ha! Ha! Ein Witz! ruft Janines Mutter.
Daniel läßt ein Tuch erscheinen, es windet sich einen Moment lang in der Luft, rot und gelb wie eine Flamme. Er fängt es auf, hält es in der ausgestreckten Hand. Der Wind rauscht, die grünen Wimpel flattern. Daniel nimmt das Kartenspiel aus der Tasche, geht auf Janine zu, sie dreht sich beiseite. Daniel hält den Kartenfächer der Mutter hin.
– Sag mir deine Lieblingskarte, bitte.
– Herz Bube.
– Bist du sicher, willst du nicht eine andere?
– Herz Bube, hat sie doch gesagt, sagt Jader.
Janines Mutter küßt Jader auf den Mundwinkel.
– Herz Bube, sagt sie.
– Herz Bube geht nicht, sag eine andere. Ist ja nur für den Trick.

– Du willst mich zum Affen machen! ruft die Mutter. Blöde Kartentricks. Du hast gesagt, du läßt ein Kaninchen erscheinen. Wo ist es denn?
– Wo ist das Scheißkaninchen? ruft Jader.
Janine lächelt.
– Für mich, sagen ihre Lippen ohne Ton.
– Ich brauch Musik, sagt Daniel. Das ist die Stelle, an der ich Musik brauche.
– Schneider soll spielen! ruft Jader.
Summt ein paar Töne. René Schneider nimmt sie auf, spielt:
– Ach hätten deine Augen, die meinen nie gesehen. Dann wäre meinem Herzen nicht so viel Leid geschehen.
Daniel kann seine Hände nicht spüren, sieht sie zittern, aber sie sind gefühllos.
– Nun mach schon! schreit Jader.
Und singt dann:
– Ach hätten deine Lippen die meinen nie geküßt. Dann wüßte meine Seele noch nicht, was Liebe ist.
Von weit her hört Daniel das Lachen der Patienten. Janines Gesicht ist das einzig ruhige zwischen lauter Fratzen. Daniels Hände klappen die Kiste auf, zeigen sie leer.
– Hossa! Hossa! schreit jemand.
Daniel schließt die Kiste. In die Finger schnipsen. Die Klappe öffnen. Das Kaninchen in der Kiste. Er nimmt es heraus. Es ist naß, heiß, schlaff. Es rutscht zwischen seinen Armen hindurch und fällt zu Boden. Die Patienten sind aufgestanden. Die Fratzen kommen näher. Daniel beugt sich über das tote Kaninchen. Sieht Jader und die Mutter Arm in Arm. Die Mutter weit zurück gebeugt. Sie drehen sich, tanzen. Walzer.

– Ach hätten deine Lippen die meinen nie geküßt. Dann wüßte meine Seele noch nicht, was Liebe ist.

Daniel sucht nach Janines Gesicht zwischen den Fratzen. Findet es nicht. Der Arzt will zu ihm kommen. Die Sporttherapeutin hält ihn fest, schreit ihn an. Der Arzt umarmt sie. Daniel drückt das Kaninchen an die Brust und läuft davon.

Janine hockt neben dem Tisch mit den Kuchen. Sie hält sich ein Messer an den Hals.

– Warum hast du das getan? schreit sie.

Daniel legt das Kaninchen vor ihr auf den Boden. Janine streckt die Hand mit dem Messer aus, streicht über das Kaninchen, läßt das Messer fallen und nimmt das Kaninchen auf den Schoß.

– Warum hast du das getan? sagt sie noch einmal.

– Ich will fort. Ich will sofort weg, sagt Daniel.

Janine schaut nur auf das Kaninchen, dessen Auge groß und schwarz wie ein Loch im Schädel ist. Daniel kniet sich neben sie, hat das Messer in der Hand. Er weint.

– Ich weiß nicht warum. Es ist passiert, sagt er.

An seinem Arm ist Blut. Es tropft ins Fell des Kaninchens. Janine drückt eine Kante ihres Hemds auf Daniels Arm. Daniel sieht auf zu den grünen Wimpelgirlanden vor dem hellblauen Himmel. Ein Vogel setzt sich darauf.

– Du bist dumm, du bist so dumm, sagt Janine.

Und dann, als der Arzt ihr Daniels Arm wegzieht:

– Der Scheißfrühling hat es umgebracht.

Der Vogel singt leise. Daniel hört es. Und Janine auch, weiß er.

III. Juli

16

Maria wollte über das Wochenende zum Zelten fahren.
– Ich war noch nie zelten. Und ich glaube auch nicht, daß ich daran Freude habe, sagte ich.
– Doch, ich glaube schon, sagte sie.
Wir fuhren in den Ferienort am Meer, in dem sie früher jeden Sommer mit ihren Eltern den Urlaub verbracht hatte. Es regnete, als wir auf dem Zeltplatz ankamen. Ich stellte den Motor des Autos aus, die Scheibenwischer blieben schräg über der Scheibe stehen. Der Regen prasselte laut. Über die Scheiben legte sich ein Wasserfilm.
– Und jetzt? sagte ich.
– Na was schon, das Zelt aufbauen.
Sie streifte sich das T-Shirt über den Kopf.
– Zieh dich aus.
Ich zögerte und sie lachte.
– Das Zeug wird nie wieder trocken im Zelt. Mach schon, du Langweiler, sagte sie.
Wir zogen uns bis auf die Unterwäsche aus und bauten das Zelt auf. Der Regen schlug Blasen im Sand und tat weh auf der Haut. Maria lachte die ganze Zeit über. Als das Zelt stand, streifte sie den BH ab, breitete die Arme aus und legte den Kopf in den Nacken.
– Mein Gott, ist das schön! rief sie.
Ich stieg ins Auto, suchte ein Handtuch aus dem Rucksack und rieb mir die Haare trocken.
– Schau dich doch an! rief sie, als sie einstieg.

– Was denn? sagte ich.
Sie fuhr mir mit dem Zeigefinger über die Brust und der Nagel hinterließ einen roten Strich. Unsere Körper waren übersät mit den Nadeln der Kiefern, die überall auf dem Zeltplatz standen. Sie zog sich den Slip aus.
– Na los, ist doch ganz naß.
Ich zog die Boxershorts aus und Maria begann die Kiefernnadeln von meinem Körper zu lesen.
– Wie sind die denn dorthin gekommen, sagte sie und suchte die Nadeln aus meinem Schamhaar.
Sie legte die Hand auf mein Glied.
– Du bist aber kalt, sagte sie.
– Ja, mir ist kalt, sagte ich und nahm ihre Hand.
– Ich mach dich heiß, sagte sie.
Ich küßte sie. Auf den Mund und dann den Hals und dann die Grube über dem Schlüsselbein.
– Nachher, sagte ich. Ich hab einen verdammten Hunger. Laß uns erstmal was essen gehen.
– Schon gut, sagte sie und zupfte eine Nadel von meinen Lippen.
Ich lachte und küßte sie noch einmal und zog mir das T-Shirt an.

Die Kneipe des Zeltplatzes stand leuchtend weiß zwischen den Kiefern. Drinnen war der Boden abgetretenes Linoleum, und der Zigarettenqualm hatte die Blumen auf den Tapeten braun gefärbt. Eine alte Frau in Kittelschürze saß bei einem alten Mann. Der Mann trug einen Trainingsanzug. Sie rauchten und tranken Bier. Wir setzten uns in der Nähe der Tür.

– Naß geworden? rief der Alte herüber, lachte und hustete.
Die Frau schlug ihm mit der Faust auf den Oberarm.
– Es regnet, sei still, sagte sie.
Sie nahm einen Schluck Bier und wischte sich über den Mund.
– Ich bin Erika, das ist Johannes. Wer seid ihr, sagte sie dann.
Maria nannte unsere Namen.
– Zwei Kleine und was zum Essen? Bauernfrühstück? sagte Erika.
– Das wäre toll, sagte Maria.
Erika stieß Johannes mit dem Ellbogen an. Sie drückten gleichzeitig ihre Zigaretten aus. Erika ging in die Küche, Johannes hinter den Tresen. Er zapfte das Bier langsam und schaute auf und grinste.
– Hochzeitsreise? sagte er.
Maria legte den Arm um mich und küßte mich auf die Wange.
– Nein, nein. Wir sind nicht verheiratet, sagte ich.
Johannes stellte uns die Biere hin, holte sein eigenes Glas und setzte sich zu uns. Wir stießen an und tranken. Johannes starrte uns an.
– Ich würde auch nie wieder heiraten, sagte er schließlich.
Erika kam mit dem Essen.
– Stimmts, du würdest auch nicht mehr heiraten? sagte er zu ihr.
– Ne, sagte sie, holte ihr Glas und setzte sich zu uns.
Wir aßen und die beiden Alten sahen uns schweigend zu.
– Ihr seid verliebt? sagte Erika, als wir fertig waren.
Johannes schlug ihr mit der Faust auf den Oberarm.

– Ja, sind wir, sagte Maria und legte mir die Hand auf den Oberschenkel.
– Sind sie, sagte Erika.
Johannes hielt uns die Zigarettenschachtel hin. Ich wollte eine Zigarette nehmen und spürte Marias Hand, wie sie zu meinem Knie strich und zurück bis fast in den Schritt.
– Nein danke, wir sind Nichtraucher, sagte ich.
– Schon gut, sagte Johannes, nahm sein Glas und ging zurück an den Tisch, an dem er zuvor gesessen hatte.
Erika blieb an unserem Tisch und rauchte.
– Wir müssen jetzt mal, sagte Maria irgendwann.
– Ja, müßt ihr, sagte Erika zog die Rechnung aus der Schürzentasche und legte sie vor mich auf den Tisch.
Ich zahlte. Erika zapfte zwei Biere und setzte sich zu Johannes. Johannes hob sein Glas bis in Augenhöhe.
– Wann lernst du endlich zapfen, verdammt! rief er.
– Sei still, sagte sie.
Sie zündeten sich Zigaretten an. Sie tranken und rauchten, und wir gingen.

Maria stand nackt vor dem Zelt und breitete die Arme aus.
– Nur noch von den Bäumen, sagte ich. Komm rein, mir ist kalt.
Sie kroch ins Zelt und schloß den Reißverschluß.
– Paß auf, daß du nicht an die Plane kommst. Ich will nicht naß werden, sagte ich.
Sie schlüpfte zu mir in den Schlafsack und wir küßten uns. Ich saugte an ihren Brustwarzen und schob die Finger in ihre Scheide. Irgendwann nahm sie meine Hand und lag still auf mir.

– Warte einen Moment, sagte sie dann.
Sie kroch aus dem Zelt und kam gleich darauf mit einem kleinen CD-Spieler zurück. Sie stellte ihn an. Elvis sang.
– Gehts jetzt? sagte sie.
Sie kroch zu mir in den Schlafsack und wir schliefen miteinander. All my dreams fulfilled. For my darling, I love you. And I always will. Dann lag sie auf mir, und ich fuhr ihr durchs Haar.
– Liebst du mich? sagte sie.
– Ich liebe dich mehr als alles andere auf der Welt, sagte ich.

Auf der Rückfahrt kaufte Maria an einer Tankstelle eine Sonntagszeitung.
– Solche Wurstblätter kauft man nicht, sagte ich.
Sie biß mir ins Ohr und ich lachte. Die Autobahn war leer, kein anderes Auto war zu sehen. Maria blätterte in der Zeitung. Ein Park von Windgeneratoren tauchte auf. Ihre Flügel standen still und leuchteten grellweiß in der Sonne. Ihre Linien zerschnitten den hellblauen Himmel und die grünen Felder.
– Hör dir das an, sagte Maria.
Und las dann aus der Zeitung vor:
– Der Liebesknast. Er ist ein perverser Kinderschänder. Sie brachte ihren Ehemann gemeinsam mit ihrer Tochter bestialisch um. Beide sind sie Insassen des Psychoknasts am Silbersee. Dort lernten sie sich kennen und lieben. Nächste Woche werden sie heiraten.
– Scheiße, sagte ich. Dann haben sie doch ihr Maul nicht halten können. Tanner wird toben.

Maria warf die Zeitung auf den Rücksitz.

– Ach Tanner! rief sie. Jetzt hör doch endlich auf, vor dem zu kuschen!

Ich stellte das Radio an und wollte eine Kassette einschieben. Sie nahm sie mir aus der Hand, las die Aufschrift und warf sie auf den Rücksitz.

– Bei einer Haifischattacke im Roten Meer sind am Freitag zwei deutsche Touristen ums Leben gekommen, sagte der Radiomoderator.

Maria stellte den Kaffee vor Tanner auf den Tisch und setzte sich neben mich.

– Wo ist Herr Gollner? fragte Tanner.

– Ist noch nicht zurück. Muß aber gleich wieder da sein, sagte die Frau in der rosa Kittelschürze.

Tanner trank einen Schluck Kaffee und nickte.

– Ich gehe davon aus, daß Sie alle ein angenehmes Wochenende hatten, sagte er dann. Die Chefärztin sollte heute aus dem Urlaub zurück sein. Leider ist sie bisher nicht aufgetaucht, Sie werden also weiterhin mit mir vorlieb nehmen müssen.

Er nippte wieder am Kaffee und lächelte Maria zu.

– Herr Doktor Walser, Ihre Patienten heiraten, sagte er und warf die Sonntagszeitung vor sich auf den Tisch.

Er stand auf und las den Artikel vor.

– Ich habe mit Herrn Jader und Frau Schwarz besprochen, daß wir sie nicht hindern können, den Besuch zu empfangen, den sie wollen. Und daß wir sie auch nicht hindern können, diesem Besuch von der geplanten Hochzeit zu erzählen. Ich habe sie darauf hingewiesen, daß sie sich aber über die Konsequenzen im klaren sein müssen, wenn sie mit einem Klatschreporter reden.

Tanner schlug mit der Hand auf die Zeitung.

– Ich war noch nicht fertig, sagte er und las das Ende des Artikels: Wo, fragt man sich, soll dies hinführen? Kinderschänder zeugt Nachwuchs mit Mörderin. Wir züchten uns unsere Monster selbst. Am Silbersee. Was, Herr Doktor Walser, haben Sie dazu zu sagen?

– Ich habe bereits ...

– Ihre Ausreden bringen uns aber keinen Schritt weiter, Herr Doktor Walser. Was wollen Sie jetzt tun? Ich erwarte konkrete Vorschläge.

– Ich werde nochmals ein Gespräch ...

– Faseln kann auch meine Mutter! schrie Tanner.

Die Frau in der rosa Kittelschürze zuckte zusammen. Tanner hob die Kaffeetasse vors Gesicht und trank langsam. Gollner kam herein, eine Plastiktüte mit Brötchen in der Hand.

– Der Typ von der Zeitung ist schon wieder da. Sitzt draußen in seinem Auto mit einer Kamera in der Hand, sagte er.

Gleichzeitig standen die Anwesenden auf und gingen hinaus auf den Gang. Nur Maria blieb sitzen, nahm meinen Arm und zog mich auf den Sitz zurück. Tanner kam auf uns zu. Er sah auf mich herab, dann auf Maria. Er lächelte.

– Schönes Wochenende gehabt? sagte er.

– Wunderbar, sagte sie.

– Was habt ihr gemacht? sagte er.

– Gefickt, sagte Maria und stand auf.

Tanner nahm ihren Arm und gab ihr einen Kuß auf die Wange.

– Dein Kaffee war heute besonders gut, sagte er.

Sie machte sich los und ging hinaus. Ich stand auf. Tanner legte mir den Arm um die Schulter.

– Kommen Sie. Schauen wir uns die Scheiße an, die Sie angerichtet haben, sagte er.

Auf dem Gang drängten sich die Mitarbeiter am Fenster.

Ich knöpfte den Kittel auf und ging durch den Hof auf das alte, blaue Auto zu, das direkt hinter den Zäunen stand. Das erste Tor öffnete und schloß sich, dann das zweite. Oben, hinter den vergitterten Fenstern auf der einen Seite des Hauses standen Tanner und die anderen Mitarbeiter der Klinik, auf der anderen Seite drängten sich die Patienten. Tanner verschränkte die Arme, Jader legte den Arm um Janines Mutter, die neben ihm stand. Der Mann im Auto hatte seine Brille in der Hand und strich sich über die Augen. Dann setzte er die Brille auf und lächelte, als er mich sah. Er öffnete die Beifahrertür des Autos. Ich stieg ein und schloß die Tür. Im Auto lief laut die Musik eines Streichorchesters. Der Journalist Gernot Böhme nahm meine Hand mit beiden Händen und schüttelte sie.

– Guten Morgen, Herr Doktor. Schön, daß Sie vorbeischauen, sagte er und hatte Mühe, die Musik zu übertönen.

Ich stellte das Radio leise.

– Aber Herr Doktor, das ist doch das Adagietto. Ich könnte jedesmal heulen, wenn ich es höre, sagte er.

– Was wollen Sie hier? sagte ich.

Er zeigte auf die Kamera, die in seinem Schoß lag.

– Wir brauchen noch Fotos vom Brautpaar. Wir wollen die Hochzeit als Titelgeschichte bringen. Danken Sie bitte Bernd Tanner, daß er mich auf diese Idee gebracht hat.

– Das können Sie nicht tun.
– Warum denn nicht?
– Die Patienten ziehen ihre Einwilligung zurück.
– Welche Einwilligung? Wir brauchen keine Einwilligung.
– Ich verbiete Ihnen, Fotos zu machen.
Er ließ die Brille auf die Nasenspitze rutschen und sah mich darüber hinweg an.
– Ich kann es Ihnen nicht verbieten, habe ich recht? sagte ich.
Er schob die Brille zurück zur Nasenwurzel.
– Selbst wenn Sie es könnten, sagte er. Für welche Uhrzeit ist denn die Trauung am Donnerstag angesetzt?
Ich mußte lachen und auch er lachte. Ich stellte die Musik laut.
– Venedig sehen und sterben! schrie er.
Dann nahm er die Brille ab, lehnte sich im Sitz zurück und schloß die Augen. Ich stieg aus und ging durch die Tore zurück in den Hof. Tanner schüttelte den Kopf und ging, und mit ihm die anderen Mitarbeiter. Nur Maria blieb zurück. Auch die Patienten verließen die Fenster. Hinter einem Fenster stand Daniel. Er kniff ein Auge zu, weil die grelle Sonne ihn blendete. Maria küßte ihre Fingerspitzen und legte sie an die Scheibe. Ich warf ihr einen Handkuß zurück. Daniel fuhr sich mit der Hand über die kurzgeschorenen Haare. Neben ihm stand jetzt Janine.

17

Unten im Hof in der grellen Sonne geht der Arzt und wirft eine Kußhand nach oben.
– Der war für mich, sagt Janine. Bist du eifersüchtig?
– Quatsch. Der war für mich. Bist du eifersüchtig? sagt Daniel.
– Ja, sagt sie.
Und er fährt sich mit der Hand über den Kopf. Der Arzt schaut zu ihnen herauf. Janine nimmt Daniels Hand, und der Arzt geht ins Haus.
– Warum läßt du dir die Haare nicht wieder wachsen? sagt sie.
Sie schiebt ihre Finger zwischen seine.
– Jader hat gesagt, ich soll sein Trauzeuge sein, sagt Daniel.
– Du bist häßlich mit kurzen Haaren, sagt Janine.
Daniel streicht über die Narben auf ihrer Wange.
– He, Turteltauben! Kommt frühstücken! ruft Jader.
Janine und Daniel setzen sich zur Mutter und Jader an den Tisch neben dem Aquarium. Die Mutter schmiert ein Brötchen, beißt ab und sagt:
– Wir wollen heiraten und nicht ihr.
– Laß den Turteltauben doch auch ihren Spaß, sagt Jader.
– Du sollst das nicht sagen. Das sind keine Tauben, sagt die Mutter. Der faßt sie nicht an.
Janine nimmt Daniels Hand und küßt sie.
– Der faßt sie nicht an! ruft die Mutter.
Daniel will seine Hand zurückziehen, Janine hält sie fest.

– Du faßt meine Tochter nicht an.
Daniel macht seine Hand frei.
– Kann die Alte mal still sein! ruft er.
– Ich hasse dich, sagt Janine zur Mutter.
– Ich heirate, nicht du, sagt die Mutter.
Jader lacht und legt den Arm um die Mutter, küßt sie auf die Wange.
– Ist ja schon gut, meine kleine Turteltaube, sagt er.
Janine schaut ins Aquarium. Ein grauer Fisch schwimmt davon.
– Schneid dir die Haare ab, sagt Janine.
Die Gittertür wird geöffnet, der Arzt und Gollner kommen herein.
– Herrschaften, bevor es heute an die Arbeit geht, gibts noch eine kleine Sonderrunde, sagt Gollner.
Der Arzt hält die Sonntagszeitung in der Hand. Er faltet sie auseinander, so daß die Hellblauen die Überschrift lesen können: Der Liebesknast.
– Ich liebe euch doch alle! ruft jemand.
Ein paar Hellblaue grölen.
– Scheiße. Wir wissen doch, was da drin steht. Alles Scheiße! ruft die Mutter.
– Frau Schwarz, ich habe Sie auch eindeutig darauf hingewiesen –, sagt der Arzt.
– Laß uns doch in Ruhe! ruft die Mutter.
– Halts Maul und hör zu! ruft Gollner.
– Sie werden bemerkt haben, sagt der Arzt, daß sich der Herr von der Zeitung wieder am Gelände aufhält. Ich habe mit ihm gesprochen, und er hat mir frei heraus gesagt, daß er Fotos für einen Artikel über die Hochzeit von Ihnen auf-

nehmen will. Leider fehlt uns die rechtliche Handhabe, dies zu verhindern. Aus diesem Grund steht es bis zum Donnerstag allen Patienten, die zur Arbeitstherapie das Gebäude verlassen müssen, frei, diese zu besuchen.

Die Hellblauen klopfen mit dem Besteck auf die Tische.

– Wer hierbleiben will, schraubt Schrott, sagt Gollner.

Der Arzt faltet die Zeitung zusammen und geht davon.

Jader und Daniel stehen in Blaumännern hinter der Gittertür.

– Was soll das? sagt Gollner durch das Gitter hindurch.

– Haben Sies vergessen, Herr Gollner? sagt Jader. Jetzt ist Arbeitstherapie, wir sind bei den Gärtnern.

– Spinnst du, Jader? Du schraubst Schrott heute.

– Entscheidungen über therapeutische Maßnahmen liegen zum Glück nicht bei Ihnen. Würden Sie jetzt bitte Herrn Abel Bescheid geben, daß wir bereit zum Arbeitseinsatz sind.

Gollner greift durch das Gitter, zieht den Reißverschluß an Jaders Blaumann bis unter das Kinn.

– Überleg dir, was du tust, sagt er und geht.

Jader öffnet den Reißverschluß wieder ein Stück, richtet den Kragen des Blaumanns.

– Wie seh ich aus? sagt er.

Daniel nickt. Jader leckt seinen Daumen an und fährt Daniel über die Augenbrauen.

– Mein Trauzeuge hat keinen Dreck über den Augen, sagt er.

Abel kommt und schließt das Gitter auf.

– Und ihr seid euch sicher, Jungs? sagt er.

Die grelle Sonne wirft das Muster der beiden Zäune auf den Betonboden des Hofes. Streifen, so breit wie Klopapier, und kleine Karos. Die Tür des Autos vor den Zäunen öffnet sich, und ein Streichorchester tönt heraus.

– Jetzt recht freundlich, sagt Jader.

Das Klicken der Kamera ist regelmäßig und lauter als das Streichorchester.

– Mein Trauzeuge! ruft Jader und legt Daniel die Hand auf die Schulter.

– Wo ist die Braut? ruft der Journalist.

– Ihr ist etwas flau um den Magen, die Aufregung!

Jaders Hand auf Daniels Schulter und dann in seinem Nacken. Der Daumen bewegt sich wieder. Bei jeder Berührung. Auf und ab. Streichelt.

– Der Kleine ist mein Trauzeuge!

– Ich werde auch bald heiraten! ruft Daniel.

Über Jaders Gesicht liegen Karos, und der Mundwinkel zuckt und der Daumen drückt sich in Daniels Hals.

– Lächeln sollst du! sagt er.

– Jetzt ist aber gut, sagt Abel und wirft zwei Blecheimer vor ihnen auf den Kies.

Das Wasser des Sees schwappt und ist schaumig. Drüben am anderen Ufer flimmern die Schornsteine der Fabrik vor dem dunkelblauen Himmel.

– Sucht den Müll zusammen, sagt Abel.

Setzt sich ins gelbe Gras und raucht. Jader und Daniel sammeln das Papier aus dem Gestrüpp.

– Wer ißt hier nur so viel Eis? sagt Daniel.

– Wer wichst hier nur so viel? sagt Jader.

Jader dreht sich nach Abel um, der gerade eine Zeitung aus dem Blaumann holt.
– Kennst du die Geschichte vom Monster? sagt Jader.
Daniel schüttelt den Kopf.
– Vor ein paar Jahren verschwanden hier die Patienten, drei oder vier. Es gab Untersuchungen, weil sie dachten, jemand vom Personal hätte Mitleid mit uns und würde ab und zu mal einen freilassen. Aber dann fanden sie hier am Ufer einen Finger, dann ein Ohr, einen Zeh, von jedem, der verschwunden war, etwas. Die Mutter vom Tanner sagte, das müsse ihre Schildkröte sein, die ihr hier als Kind abhanden gekommen sei. Und jetzt sich groß und fett an den Irren frißt. Das Monster. War aber nur René Schneider, hat drüben in der alten Fabrik gehaust und wollte die Welt von uns Monstern befreien. Und jetzt kriegt er hier Tabletten und hat uns alle gern.
Jader hebt eine Keksdose auf und schaut hinein.
– Hier, ein Schwanz. Ist das deiner, kleines Monster? sagt er und dreht sich nach Abel um.
Der hat die Zeitung auf den Knien und den Kopf darauf.
Jader greift Daniel zwischen die Beine.
– Nein, deiner ist noch da. Bist noch am Leben, sagt er.
– Bitte nicht jetzt, sagt Daniel und steht ganz aufrecht.
Jader läßt die Hand, wo sie ist.
– Was war das eben? Willst heiraten? Die Fette? Und die will den Mädchenficker?
Daniel legt Jader die Hand auf die Schulter. Und Jaders Hand bewegt sich zwischen seinen Beinen. Daniel will ihn wegstoßen, aber seine Hand verkrampft sich nur um Jaders Schulter.

– Ich werde sie fragen, sagt Daniel.
– Sie weiß noch nichts davon?
– Nein, aber sie hat gesagt, sie mag mich.
– Sie mag dich? Und du magst sie?

Jaders Gesicht ist nah, kommt näher bis über die Schulter und auf seinem Nacken sind Schweißperlen.

– Ich liebe sie, sagt Daniel.

Jaders Wange liegt an Daniels. Die Hand zwischen den Beinen läßt locker, wandert über die Hüften, dann den Rücken hinauf bis zum Hinterkopf.

– Und ich liebe dich, sagt Jader leise.

Und hält Daniels Kopf fest und sagt dann scharf, so daß es sticht in Daniels Ohr:

– Kleines Monster.
– In zehn Minuten will ich hier keinen Schnipsel mehr sehen! ruft Abel.

Jader schiebt Daniel von sich und bückt sich nach einem Papiertaschentuch.

Daniel steht unter der Dusche. Er schiebt die Fäuste in die Achseln, legt den Kopf in den Nacken. Im Gesicht ist das Wasser heiß und wird eiskalt, während es hinab zu den Füßen rinnt. In Daniels Ohren ist ein Rauschen, das pulsiert.

– An was denkst du? Du hast mich gar nicht bemerkt, sagt leise eine Stimme.
– Laß mich in Ruhe. Ich will nicht, daß du hier bist, sagt Daniel.
– An was denkst du?
– An nichts.
– Das geht nicht. An was denkst du?

– An dich. Ich halte dich fest.

Janine liegt auf einer rotblau karierten Decke. Das Gras ist feucht und dunkelgrün. Janines geschlossene Lider zittern. Daniel streicht ihr mit dem Zeigefinger von der Stirn über die Lippen zum Kinn, über den Hals zur Grube hinter dem Schlüsselbein.

– Was machst du? sagt sie.

– Schlaf weiter, sagt er. Ich halte dich.

Legt sich neben sie und schiebt den Arm unter ihren Hals. Der Himmel wird rot, und irgendwo schreit ein Spatzenschwarm.

– Hast mich gar nicht bemerkt, sagt Kathrins Stimme.

Daniels Gesicht auf dem Rost, durch den dröhnend das Wasser abfließt. Er setzt sich auf und umschlingt die Knie.

Das Wasser prasselt herab. Hinter dem Dampf steht Gollner in der Tür.

– Wirds denn bald! ruft er. Der Doktor wartet schon.

Der Arzt hinter dem Schreibtisch steht auf, als Daniel ins Zimmer kommt.

– Sie rufen an, sagt Gollner und geht.

Der Arzt zeigt auf einen Stuhl. Daniel setzt sich. Der Arzt dreht einen Kugelschreiber zwischen den Fingern.

– Ihre Haare sind noch naß, sagt er irgendwann.

Daniel fährt sich über die kurzen Stoppeln, schaut auf die Handfläche.

– Furztrocken, sagt er.

– Herrn Jaders Schnitt hat also auch seine Vorteile.

Daniel nimmt den Zungenstein aus der Tasche und legt ihn auf den Tisch.

– Fangen wir an, sagt er.

Der Arzt schlägt die Akte auf, die vor ihm liegt, blättert und liest.
– Sie wollten darüber nachdenken –, sagt er.
– Habe ich nicht.
– Und warum nicht?
– Weil es mich ankotzt.

Der Arzt schiebt den Zungenstein mit dem Zeigefinger auf Daniel zu.
– Sie wollten darüber nachdenken, warum Sie glauben, daß Ihre Mutter Sie haßt.

Daniel nimmt den Stein in die Faust und schließt die Augen.
– Wollen Sie wissen, was der Stein sagt? Es interessiert mich nicht! Meine beschissene Mutter interessiert mich nicht! Meine beschissene Großmutter interessiert mich nicht! Diese ganze verfickte Psychoscheiße kotzt mich an! Ihr beschissener Stein!

Daniel schleudert den Zungenstein gegen das Fenster. Er prallt dumpf vom Fensterkreuz ab und fällt zu Boden. Der Arzt sitzt noch einen Moment zusammengekauert, schreibt dann etwas in die Akte.
– Was schreiben Sie da! sagt Daniel.

Der Arzt reagiert nicht, schreibt weiter.
– Zeigen Sie her! schreit Daniel und greift nach der Akte.

Plötzlich steht der Arzt auf und stößt Daniel in seinen Stuhl. Daniel will noch einmal nach der Akte greifen, der Arzt stößt ihn zurück, heftiger diesmal. Daniel steht auf, der Arzt versetzt ihm einen Stoß. Daniel knallt in den Stuhl und kippt nach hinten über. Das Licht ist für einen Moment blendend hell. Daniel kneift die Augen zusammen, öffnet sie wieder.

Der Arzt steht über ihn gebeugt.
– Steh auf! schreit er. Steh auf, verdammt!
Daniel bewegt sich nicht, starrt zum Arzt hinauf. Der streckt ihm die Hand entgegen.
– Es tut mir leid, sagt er.
Zieht die Hand wieder weg und geht zu seinem Platz hinter dem Tisch.
– Entschuldigen Sie. Setzen Sie sich bitte wieder.
Der Arzt sitzt aufrecht, hält den Kugelschreiber in der Faust. Daniel stellt den Stuhl auf, bleibt dahinter stehen.
– Gut, sagt der Arzt. Haben Sie noch wichtige Anliegen für heute?
– Ich werde heiraten, sagt Daniel.
Der Arzt nickt:
– Ja. Heiraten. Wen denn? Fräulein Schwarz. Gut. Ich notiere es mir.
Schreibt etwas in die Akte. Nimmt den Telefonhörer und wählt.
– Wir waren heute etwas schneller, Herr Gollner. Sie können ihn abholen.

Gollner steht neben dem Fernseher im Tagesraum. Die Hellblauen bauen Stuhlreihen davor auf und setzen sich.
– Heute gibts nur bis neun. Schneider hat mal wieder Coladosen geklaut, und welche von euch haben sie gekauft. Also regt euch nicht auf, sagt Gollner.
Die Hellblauen fluchen. Gollner nimmt die Fernsehzeitung, liest vor:
– Gitarren der Liebe. Treffpunkt Todesbrücke. Dead man walking. Alles zu aufregend, dann könnt ihr wieder nicht

schlafen. Das ist doch was: Kämpf um deine Frau! Trainingscamp – vom Macho zum Traumpartner. Und gleich wieder eine Stunde soziale Erziehung.

Er wirft die Zeitschrift beiseite und schaltet den Fernseher ein.

– Wünsche eine geruhsame Nacht, sagt er und geht.

Die Mutter und Jader sitzen in der ersten Reihe, er zieht sie zu sich heran. Im Fernsehen waschen zwei Männer um die Wette verfettete Bratpfannen ab. Die Mutter küßt Jader die Wange.

– Mußt du bei mir nicht machen, sagt sie.

Eine Frau im Fernsehen kontrolliert die geputzten Bratpfannen, hält ihrem Mann den Daumen vors Gesicht und dreht ihn nach unten.

– Alles, was du willst, sagt Jader und streicht der Mutter durchs Haar.

Daniel und Janine sitzen in der letzten Reihe, René Schneider zwischen ihnen.

– Verdammte Scheiße. Treffpunkt Todesbrücke ist mit Sophia Loren, sagt René Schneider.

– Scheiße, sagt Janine und geht.

Die Frau im Fernsehen weint. Sie schlägt nach ihrem Mann, der reglos dasteht, in der einen Hand die schmutzige Pfanne, in der anderen den Aufwaschlappen. Die Moderatorin schließt die Frau in ihre Arme, drückt deren Kopf an ihre Schulter:

– Schon gut, ganz ruhig. Ich bin für Sie da.

– Verdammte Scheiße. Dead man walking ist mit Susan Sarandon, sagt René Schneider.

– Ich geh schlafen, sagt Daniel und geht.

In Janines Zimmer ist es düster, draußen dämmert es. Janine sitzt auf ihrem Bett. Daniel schließt leise die Tür.
– Mach das Licht nicht an, sagt Janine.
Daniel setzt sich neben Janine. Das Fenster steht weit offen. Vor dem Nachthimmel steht das schwarze Gitter. Irgendwo zwischen Gitter und Himmel singt ein Vogel.
– Was ist das für einer? Hör hin. Ich wüßte gern seinen Namen, sagt Janine.
– Ich schenk dir einen, sagt Daniel.
– Sei still und hör hin.
Daniel sieht auf seine Hand hinab, die neben Janines liegt, und nur ein heller Streifen Bettdecke dazwischen. Der Gesang des Vogels ist schrill, plötzlich bricht er ab. Janine rührt sich nicht. Daniel schiebt seine Hand auf ihre.
– Wir werden heiraten, sagt er. Ich hab es schon Walser gesagt.
Sie rührt sich nicht. Die Stille drückt in seinen Ohren. Er nimmt ihre Hand und legt sie an seine Wange.
– Wenn Jader und deine Mutter heiraten, dann können wir auch heiraten. Bei ihnen sagen sie, es ist gut, wenn sie eine feste Beziehung haben. Dann ist es auch gut für uns.
Janine weint.
– Es ist gut für uns. Vielleicht geben sie uns ein eigenes Zimmer. Warum weinst du denn? sagt Daniel.
– Was ist mit dem Vogel los? Warum singt er nicht mehr?
– Ich schenk dir einen zur Hochzeit.
– Du weißt ja nicht mal, was es für einer ist! Wegen dir hat er aufgehört zu singen! Ich -
Daniel zieht sie zu sich heran und umarmt sie.
– Ich halte dich fest, sagt er.

Janine legt ihr Gesicht in seine Achsel.
– Bitte schenk mir keinen Vogel, sagt sie leise.

Jader lacht und zieht sich aus. Hemd. Schuhe. Hose. Daniel dreht sich zur Wand und rutscht noch ein wenig tiefer unter die Bettdecke.
– Wie kann man sich nur so zum Affen machen! ruft Jader. Der hat für sie geputzt und gewaschen und gestrippt. Und sie sagt einfach: Du hast mich zu sehr verletzt, du änderst dich nie, ich will dich nicht mehr.
Jader kommt an Daniels Bett. Daniel spürt die Wärme, die von seinem Körper ausgeht. Daniels Haut wird klebrig davon. In Unterhose steht Jader da und sieht herab.
– Ich heirate, sagt er. Mittwoch steht es in der Zeitung. Donnerstag gibt der Herr Pastor den Segen, und in einem Jahr bin ich hier raus.
Ein paar Augenblicke später verfliegt die Wärme. Das Fenster wird geöffnet.
– Mein Trauzeuge, hört Daniel Jader noch sagen.
Dann ist er verschwunden. Ein Vogel reißt den Schnabel auf. Singt ohne Ton. Fällt steif zu Boden. Es ist still.

18

Daniel legte den Zungenstein auf den Tisch.
– Fangen wir an, sagte er.
Und lehnte sich zurück, verschränkte die Arme. Ich las in der Akte: Therapiegespräch am 7. Juli. Herr Kamp berichtet über das Verhältnis zu seiner Mutter. Sie hätte ihn nie geliebt, ihm ausschließlich Mißachtung entgegengebracht. Genaue Situationen, in denen er den, wie er sich ausdrückt, Haß seiner Mutter gespürt hätte, kann er nicht angeben. Herrn Kamp wird die Aufgabe erteilt, diese Situationen zu spezifizieren und darüber nachzudenken, woher der Haß seiner Mutter rühren könnte.
Ich sah auf. Seine Haare waren feucht, oder die Sonne schien durchs Fenster und sie glänzten.
– Sie wollten darüber nachdenken –
– Hab ich nicht.
– Warum nicht?
– Weil es mich ankotzt.
Und am Haaransatz der rechten Schläfe war ein Wassertropfen. Ich schob Daniel den Zungenstein hin.
– Furztrocken, sagte der Stein.
– Sie wollten darüber nachdenken, warum Sie glauben, daß ihre Mutter Sie haßt.
Daniel nahm den Stein, schloß die Augen und schrie:
– Diese ganze verfickte Psychoscheiße kotzt mich an!
Der Stein schrie:
– Diese ganze verfickte Psychoscheiße!

Und Daniel schleudert den Stein auf mich, ich spürte den Lufthauch an der Schläfe, der Stein prallte hinter mir gegen das Fensterkreuz und fiel zu Boden. Ich schrieb in die Akte: Weißt du, wie müde ich bin? Ich habe die ganze Nacht wach gelegen und dich gesehen. Wir saßen in einem Auto und du hast es in den Fluß gesteuert.
– Was schreiben Sie da!
Das Auto versank und ich versuchte, die Tür zu öffnen. Der Druck von außen ist zu groß, kurble die Fenster nach unten, hast du gesagt. Und ich hab es getan. Das Wasser war kalt und strömte in meinen Mund. Ich wurde davongetrieben und sah dich über der Wasseroberfläche auf mich herabsehen und trieb weiter. Ich hielt mir die Augen mit den Fingern offen. Du standst neben meinem Bett, deine Haare waren noch naß. An der Hand hieltst du das Mädchen mit dem rotschwarzen Schal.
– Zeigen Sie her!
Er riß an der Akte. Lag dann am Boden. Das Mädchen an seiner Hand leckte sich die verwesenden Lippen. Ich tret dir die Fresse ein. Er bewegte sich nicht.
– Steh auf! Steh auf, verdammt!
Wie tot. Und hatte das Gesicht eines Engels.

Ich hob den Zungenstein auf. Er lag kalt in der Hand. Ich öffnete das Fenster und warf ihn hinaus bis über die Zäune. Horchte, ob ich ihn aufschlagen hörte, aber da war nur der schrille Gesang eines Vogels. Ich riß die letzte Seite aus der Akte, zerriß sie in Schnipsel und die Schnipsel in Schnipsel. Das Telefon klingelte.

– Was ist los? sagte Maria. Hast du die Nachmittagsrunde vergessen? Wir warten auf dich.

– Noch einen Pressetermin gehabt, Herr Kollege? sagte Tanner.

Ich setzte mich zu Maria, die anderen lachten. Tanner schlug mit den Knöcheln auf den Tisch:

– Tut mir leid, Ihre Freude unterbrechen zu müssen, aber ich habe Ihnen zunächst eine traurige Mitteilung zu machen. Wie mir gerade mitgeteilt wurde, ist die Chefärztin bei einem Badeunfall ums Leben gekommen. Dieser Verlust trifft uns nicht nur beruflich schwer, sondern wir verlieren auch eine aufopferungsvolle und engagierte Vorgesetzte. Ich werde kommissarisch die Klinik weiterführen. Fräulein Wilhelm kümmert sich um die Annonce. Sie haben es ja gerade gehört: aufopferungsvoll und engagiert usw. Meine Unterschrift und die vom Verwaltungsdirektor und die vom Personalrat, im Namen aller Mitarbeiter.

Gollner und die anderen beugten sich über ihre Tassen und rührten stumm im Kaffee.

– Gut –, sagte Tanner.

– Sollten wir nicht so etwas wie eine Gedenkminute, sagte die Frau in der rosa Kittelschürze.

– Ja, das ist wohl angebracht, sagte Tanner und schaute auf seine Uhr.

Das Rühren in den Kaffeetassen hörte auf. Maria griff meine Hand. Tanner sah abwechselnd auf die Uhr und unsere Hände.

– Nicht nur die Show muß weitergehen, sondern auch der Klinikbetrieb, sagte er schließlich. Und wir haben im Moment weiß Gott mehr als ein Problem, nicht wahr, Herr Kollege?

Ich machte meine Hand frei.

– Tatsächlich, sagte ich. Wir könnten in der nächsten Zeit noch den einen oder anderen Pressetermin hinzubekommen. Herr Kamp hat mir gerade seine Absicht verkündet, Janine Schwarz zu heiraten.

Tanner schaute zu Maria.

– Liebeliebeliebelei, sagte er.

Die Frau in der Kittelschürze lachte:

– Sie sind ja ein richtiger Amor, Herr Doktor Walser.

– Scheiße! rief Tanner. Wenn der rosa Pfeile verschießen will, soll er ein Jugendcamp oder eine Partnervermittlung aufmachen. Hier nicht, Herr Doktor Walser! Paartherapie gehört nicht in unser Konzept!

Ich spürte Marias Hand auf meinem Schenkel.

– Ich bin ganz Ihrer Meinung, sagte ich. Weder für Herrn Kamp noch für Fräulein Schwarz ist diese Verbindung im jetzigen Stadium der Therapie sonderlich förderlich. Wir sollten dem entgegenwirken.

Marias Hand verschwand. Sie stand auf und räumte ihre Kaffeetasse auf das Tablett.

– Fräulein Wilhelm sieht das anscheinend anders, sagte Tanner.

– Ich finde nur, daß solche entscheidenden Dinge nicht kurz vor Dienstschluß diskutiert werden sollten, sagte sie.

– Empfindlich, wenns um die Liebe geht? sagte Tanner.

– Ja, sagte sie und schob ihren Stuhl an den Tisch.
Tanner sah auf die Uhr:
– Tatsächlich schon halb fünf durch. Irgendwas hat uns die Zeit gestohlen. Wir klären das morgen früh. Einen schönen Feierabend allerseits.
Er stand auf und die anderen mit ihm. Ich legte Maria die Hand auf den Arm, sie beachtete mich nicht. Tanner kam zu uns herüber.
– Wir sind bei Konrad, heute Abend, sagte sie.
– Ich gehe mit meiner Frau in die Oper, sagte Tanner.
– Schlaf nicht ein, sagte Maria.

– Wir machen Nudeln, sagte Maria und setzte das Wasser auf.
Ich legte eine CD ein. Don't leave me now. Now that I need you.
– Kannst du die Scheiße heute mal lassen! rief sie. Ich kann diesen kastrierten Homo nicht mehr hören!
Ich stellte die Musik aus. Sie schnitt Tomaten.
– Setz dich hin, sagte sie, als ich ihr helfen wollte.
Wir aßen, ohne ein Wort zu sagen. Ich öffnete eine Flasche Wein. Sie trank schneller als sonst.
– Ich verstehe nicht, warum du ihm immer so in den Arsch kriechst, sagte sie, als wir abräumten.
– Wem?
– Das mit den Kleinen, daß sie auseinander müssen, hast du nur gesagt, weil es Tanner in den Kram paßt. Wenn die Alten heiraten dürfen, warum dann nicht auch die Jungen?
– Ich glaube, daß eine Beziehung Jader stabilisiert. Bei dem Kleinen bin ich mir da nicht so sicher.
Ich nahm sie an der Hand und führte sie zum Tisch.

– Komm, nicht hier, nicht heute. Morgen wird noch genug darüber geredet.

Ich füllte die Gläser auf und gab ihr ihres in die Hand. Wir stießen an, und die Gläser zerbrachen. Sie lachte. Wir tranken abwechselnd aus der Flasche.

– Mir gefallen deine Augen, sagte ich. Meine Eltern haben eine Regentonne in ihrem Garten, da wuchern jeden Sommer die Algen drin. Das Wasser hat dann genau die gleiche Farbe.

– Vielleicht solltet ihr ein paar Kaulquappen reinsetzen. Die würden die Algen auffressen, sagte sie.

Auf dem Tisch standen die zerbrochenen Gläser, lagen Scherben, dazwischen brannten Teelichter. Sie küßte mich. Mein Kopf war schwer, und ich sah Kaulquappen durch ihre Augen schwimmen.

– Ich liebe dich, sagte ich.

Das Telefon klingelte. Ich nahm ab. Es war Tanner.

– Wie war die Oper? sagte ich.

– Ich habe geschlafen. Dir hätte es bestimmt gefallen, sagte er.

Ich gab ihm Maria.

– Wir sind betrunken. Er hat mir gerade gesagt, daß er mich liebt. Und gleich werden wir ficken, sagte sie.

Hörte ihm dann zu. Lange Zeit.

– Was erzählt er? sagte ich.

Sie legte den Zeigefinger auf den Mund.

– Ich will wissen, was dieses perverse Schwein dir erzählt! sagte ich laut.

Sie winkte, daß ich ruhig sein solle. Ich riß die Telefonschnur aus der Wand. Sie sah mich erst verständnislos an, dann lachte sie.

– Er hat mir nur von seiner besoffenen Frau erzählt, und was er gleich mit ihr veranstalten will.
Sie wollte mich umarmen, ich stieß sie weg.
– Das ist widerlich, sagte ich.
Sie zögerte einen Moment, nahm dann meinen Kopf in ihre Hände, spitzte die Lippen und wollte mich zu sich hinunterziehen. Ich hielt stand und stieß sie weg.
– Du bist widerlich, sagte ich.
– Soll ich gehen?
Ich öffnete die Tür, und sie ging. Sie klingelte noch einmal. Ich rührte mich nicht. Sie trat gegen die Tür. Ich stellte die CD an und drehte den Ton laut. Don't leave me now. Now that I need you. How blue and lonely I'd be, if you should say we're through. Don't break my heart, this heart that loves you. Ich hörte sie polternd die Treppe nach unten rennen.

Später konnte ich nicht einschlafen. Ich ging hinaus und lief ziellos durch die Straßen, kam an eine rote Ampel. Mir fiel die Nutte ein, die ich hier vor einigen Monaten getroffen hatte. Sie war nirgends zu sehen. Ich suchte nach dem Haus, zu dem sie mich damals geführt hatte. Die Straßen verschachtelten sich, wurden enger und dunkler. Bald glaubte ich, mich verlaufen zu haben, obwohl ich das Viertel schon seit Jahren kannte. Ich ging um drei Häuserecken, auf der Straße lag im Schein einer Straßenlampe eine große, rote Katze ausgestreckt auf der Seite. Ich lehnte mich an eine Hauswand, kauerte mich hin. Von der Hauswand ging eine angenehme Wärme aus. Plötzlich sprang die Katze auf und rannte davon. Ich erkannte das Haus, an dem ich lehnte, als das, zu dem mich die Nutte damals geführt hatte. Ich las die Namen auf den Klingelschildern. Sie unterschieden sich kaum. Krause. Kraus. Krausen. Ich klingelte irgendwo, und mir wurde prompt geöffnet. Im Treppenhaus war die Luft so dumpf, daß mir schwindelte. Ich zwang mich, die Treppe hinaufzusteigen. An den Wänden waren scharf umrissen die Abdrücke von rußigen Kinderhänden. Brüderchen, trink nicht, sonst wirst du ein Vogel und fliegst mir fort, stand dazwischen in schiefer Schrift. Ich suchte nach der Tür mit der Schießscheibe darauf und fand sie nicht. War mir aber bei einer Tür ganz sicher, daß diese die richtige sein müsse. Statt der Schießscheibe hing jetzt ein Kranz aus nackten Weidenruten daran. Ich klingelte. Es rührte sich nichts. Ich klingelte noch einmal. Klopfte dann. Es wurde geöffnet. Der Mann trug Boxershorts und ein T-Shirt. Er musterte mich.

– Was willst du hier, um diese Zeit? sagte er.

– Laß mich rein, mir geht es nicht gut, sagte ich.

– Ich habe schon geschlafen.

– Bitte, mir ist schwindlig.

Er trat zurück, und ich ging in den Flur. Er schloß die Tür.

– Ich muß morgen zeitig raus, nur auf einen Tee, sagte er.

Er ging durch den Vorhang aus Holzperlen in die Küche, ich folgte ihm. Er setzte Teewasser auf und kam zu mir an den Tisch. Ich griff nach seiner Hand, er zog sie weg.

– Monatelang läßt du dich nicht blicken und dann tauchst du plötzlich auf und glaubst, alles ist wieder gut.

– Ich habe dich vermißt, sagte ich.

Er zog ein Bein auf den Stuhl, die Boxershorts rutschten hoch bis in die Leiste, und ich sah seinen leicht behaarten Hoden. Ich strich ihm über den Schenkel.

– Ich dich auch, sagte er. Eine Zeitlang. Er stand auf und schenkte mir Tee ein. Durch die Holzperlen kam die Nutte herein. Sie trug ein weites T-Shirt, mit einer Katze darauf gedruckt.
– Was ist denn los? Was will er hier? sagte sie.
– Ich weiß auch nicht. Er sagt, es ginge ihm nicht gut. Ich habe ihm einen Tee gekocht.
– Laß ihn doch. Ich will nicht alleine sein.
– Bist du nicht.

Sie umarmten sich und küßten sich lange. Er schob eine Hand unter ihr T-Shirt.

– Trink den Tee aus und dann geh und komm nicht wieder, sagte er schließlich.

Sie gingen durch die Holzperlen. Er kam noch einmal zurück.

– Vergiß nicht, die Tür zuzuziehen, sagte er und verschwand.

Auf dem Tisch lag eine Zeitung, das Kreuzworträtsel war nicht ausgefüllt. Liebst du mich oder nicht? stand in allen Fragekästchen. Ich ging auf den Flur. Die Fotos, die hier an der Wand gehangen hatten, waren verschwunden. Einzig das Bild des Mädchens, ausgeschnitten aus einer Zeitung, mit schwarzem Rand, war noch da. Ich rannte die Treppe nach unten. Brüderchen, trink nicht, sonst wirst du ein Vogel und fliegst mir fort. Auf der Straße lag im Schein einer Straßenlampe eine rote Katze mit zerfahrenem Kopf.

– Auf Sie wird schon gewartet, sagte Tenne von der Schranke am nächsten Morgen.

Ich nickte und ging weiter.

– Singvogel mit zehn Buchstaben! rief er mir hinterher.
Ich ging durch die beiden Zäune. Mitten im Hof lag ein toter Vogel. Grau und nicht größer als mein Zeigefinger. Sein Auge schien mir unnatürlich groß, und er hatte den Schnabel weit aufgerissen. Ich hob ihn auf. Kaum war ich in meinem Zimmer, klopfte es und Maria kam herein.
– Wo warst du? sagte sie. Ich habe die halbe Nacht an deiner Tür geklingelt, und du hast mir nicht aufgemacht.
– Ich war so schrecklich müde. Ich muß tief geschlafen haben.
Sie umarmte mich.
– Es tut mir leid. Ich habe mich unmöglich aufgeführt. Ich liebe dich, sagte sie.
Ich küßte sie.
– Was hast du da?
Erst jetzt merkte ich, daß ich noch den toten Vogel in der Hand hielt. Ich zeigte ihn ihr.
– Der lag unten im Hof, sagte ich.
– Und willst du mir den jetzt schenken oder was? Das ist doch widerlich.
Sie hielt mir den Papierkorb hin. Ich warf den Vogel hinein und wusch mir die Hände. Sie kam zu mir und strich mir durchs Haar.
– Aber einen Wellensittich hätte ich schon gern, sagte sie.
– Blau oder Grün?
Sie überlegte, und ich sah auf die Uhr.
– Mußt du nicht zum Frühsport? sagte ich.
Sie nahm die Hand aus meinem Haar und ging zur Tür.
– Blau, sagte sie.
– Kauf ich dir, sagte ich.

Unten auf dem Hof liefen die Hellblauen im Kreis. Maria schlug den Takt auf dem Tamburin. Daniel legte die Hände auf Janines Schultern. Sie blieb plötzlich stehen, drehte sich um, und er prallte gegen sie. Sie lachten. Das blaue Auto des Journalisten kam an die Zäune herangefahren. Der Journalist stieg aus, mit der Kamera in der Hand. Daniel und Janine zögerten einen Augenblick und gingen dann auf ihn zu. Die anderen Hellblauen blieben stehen, einzeln über den Hof verteilt. Maria schlug heftig auf das Tamburin. Sie rief etwas und ging zu Daniel. Er schob sie weg. Der Journalist machte Fotos. Gollner und drei andere Pfleger kamen. Gollner stellte sich dem Journalisten ins Sichtfeld. Die Pfleger nahmen Daniel und Janine an den Armen. Daniel schlug um sich und schrie. Ich sah mein Gesicht als Spiegelung in der Scheibe.

– Was heulst du jetzt? sagte ich.

Das Gesicht blieb regungslos.

19

– Reiß dich zusammen! Ich sag dirs, reiß dich zusammen! schreit Gollner.
Zwei Pfleger drücken Daniel auf einen Stuhl.
– Wo habt ihr sie hingebracht! schreit er.
Tanner kommt durch die Gittertür in den Tagesraum. Mit einer zusammengerollten Zeitung schlägt er auf seine Handfläche. Daniel bäumt sich auf, die Pfleger halten ihn fest.
– Wir sind verlobt! Ich werde sie heiraten! Ihr könnt sie mir nicht wegnehmen! schreit Daniel.
– Schnauze, Romeo, sagt Tanner. Wo ist Walser? Das ist sein Patient, verdammt!
– Ich ruf ihn an, sagt Gollner und geht.
Tanner rollt die Zeitung auseinander und hält sie Daniel vors Gesicht.
– Schnauze! schreit er. Kannst du lesen? Halt die Schnauze oder du gehst gleich in die Iso!
Einer der Pfleger hält Daniels Kopf unter den Arm geklemmt. Daniel kann den Kopf nicht mehr drehen, starrt auf die Zeitung.
– Lies vor! Kannst du lesen? Lies diese Scheiße vor! schreit Tanner.
Daniel ist plötzlich still. An der Gittertür steht der Arzt.
– Ich sperr dich in die Iso, bis du verreckst! schreit Tanner.
Daniel liest mit leiser Stimme:
– Kinderschänder nimmt Mädchenmörder zum Trauzeugen. Im Liebesknast am Silbersee laufen die Hochzeits-

vorbereitungen auf Hochtouren. Bräutigam Wolfgang J., verurteilt wegen Vergewaltigung von Jungen in mindestens zwölf Fällen, hat nun auch einen Trauzeugen gefunden, den erst 20-jährigen Daniel K. Daniel K. sitzt wegen des Sexualmords an einem 13-jährigen Mädchen.
Der Arzt ist herangekommen.
– Es ist gut, sagt er und nimmt Tanner die Zeitung aus der Hand.
– Ja, alles ist großartig, Herr Doktor! sagt Tanner. Aber in diesem Haus, unter meiner Leitung wird es keine Romanzen mehr geben. Kein Gehätschel! Kein Gekose! Kein Rumgeficke! Nichts! Haben Sie das verstanden, Herr Doktor? Sorgen Sie dafür!
Er schaut auf Daniel herab.
– Heul nicht, sagt er. Du bist noch nicht so weit, glaub es mir.
Er streicht Daniel über die Wange und geht. Daniel beginnt zu weinen.

Daniel sitzt auf seinem Bett und weint. Der Arzt steht am Fenster und sieht hinaus.
– Es tut mir leid, aber ich kann Ihnen nicht helfen, sagt er. Es ist beschlossen worden, Fräulein Schwarz für die nächste Zeit auf einer anderen Station unterzubringen. Das gesamte therapeutische Team und auch ich sind sich einig, daß eine Beziehung zum jetzigen Zeitpunkt sowohl für Sie als auch Fräulein Schwarz im höchsten Maße schädlich wäre.
Die Sonne scheint grell herein. Es ist still.
– Es geht vorbei, sagt der Arzt irgendwann.
Er dreht sich um und kneift die Augen zusammen, streicht sich darüber. Er steht vor Daniel.

– Ihr Zimmer ist so hell, sagt er.
Daniel nimmt seine Hand, legt sie an seine Wange. Die Hand öffnet sich langsam, Daniel schmiegt die Wange in die Handfläche.
– Ich verspreche es dir, es geht vorbei, sagt der Arzt.
Jader kommt herein. Der Arzt zieht die Hand zurück.
– An der Hochzeit können Sie teilnehmen, sagt er und geht.

Jader hat die Katze auf dem Arm und krault sie.
– Ich habe Else damals vor dem Ertrinken gerettet, sagt er. Sie war schon in dem Sack mit den Steinen, und der Bauer stand schon auf der Brücke und wollte sie gerade in den Fluß hinunterwerfen. Ich hab in den Sack hineingegriffen und eines der Kätzchen herausgezogen. Else ist gleich unter meine Jacke gekrochen. Und der Bauer schmiß den Sack mit den anderen in den Fluß.
Er wirft Daniel die Katze in den Schoß.
– Ich schenk sie dir. Mußt nicht traurig sein.
Er tritt vor den Spiegel und streicht sich die Haare zum Scheitel.
– Hab noch was zu besprechen für morgen, sagt er und geht.
Die Katze schnurrt und reibt ihren Kopf an Daniels Bauch.
Daniel schlägt mit dem Fingernagel gegen die Augen der Katze. Fährt mit dem Handrücken über ihr Fell, das hart und kalt ist. Dreht die Katze auf den Rücken. Eine feine Naht läuft von der Schnauze bis zum Schwanz. Daniel zieht die Haut auseinander, bis sich die Fäden zeigen. Er drückt sein Gesicht gegen den Bauch der Katze und zerbeißt den Faden. Er trennt den Leib auf. Er hört die Katze schreien.

Verteilt das Stroh im Zimmer. Reißt den Schädel aus dem Kopf und zertritt ihn.

Die Hellblauen räumen Tische und Stühle beiseite, und Abel breitet eine Plastikplane über den Boden des Tagesraums. Jader und Janines Mutter sitzen auf Stühlen vor dem Aquarium wie auf Thronen. Die Hellblauen stellen sich im Kreis um die Plane. Daniel steht abseits bei der Gittertür.
– Ich will das nicht. Nicht ohne Janine, sagt Janines Mutter.
– Aber es geht doch um unser Glück, mein Schatz, sagt Jader.
Gollner kommt mit einer großen Schüssel voll Tassen. Er geht den Kreis der Hellblauen ab.
– Jeder nur eine, sagt er. Und keiner wirft, bevor ichs sage.
Jader legt den Arm um Janines Mutter.
– Unser Glück, sagt er.
Gollner ruft zu Daniel herüber:
– Das ist wichtig für die beiden. Also zick nicht rum und scher dich her.
– Ich will das nicht, der macht unser Glück kaputt, ruft Janines Mutter.
Daniel verschränkt die Arme.
– Ist mir doch egal, sagt Gollner, tritt von der Plane und aus dem Kreis der Hellblauen heraus.
Er hebt eine Hand hoch in die Luft.
– Ich zähle bis drei und dann wird gepoltert! ruft er.
Zählt und läßt die Hand fallen. Die Hellblauen knallen die Tassen auf die Plane, wo sie zersplittern. Jader steht auf und applaudiert. Die Mutter regt sich nicht. Jader stößt sie mit dem Schuh an.

– Du klatschst jetzt fürs Glück, sagt er.
Die Mutter schlägt langsam in die Hände. Abel tritt auf die Plane und stellt eine Toilettenschüssel in die Mitte. Er geht zur Mutter hinüber, gibt ihr einen Hammer in die Hand.
– So, meine Gute, heute wird kein Trübsal geblasen. Zeig, was du kannst, sagt er.
– Mach sie fertig! Kleinholz! Laß es raus! rufen die Hellblauen.
Die Mutter zögert einen Moment, steht dann auf und geht zur Toilettenschüssel.
– Für meine Tochter, sagt sie und hebt den Hammer.
Daniel legt die Hände auf die Ohren. Die Mutter schaut zu ihm herüber.
– Mädchenficker, formt ihr Mund.
Daniel schließt die Augen. Irgendwo weit weg ist das Splittern.

– Du wirst mein Trauzeuge sein, da kannst du machen, was du willst, sagt Jader und schiebt die Reste der Katze mit dem Fuß zusammen.
Daniel zieht die Bettdecke unters Kinn. Jader kommt ans Bett heran, streicht ihm mit dem Zeigefinger über Nase, Lippen, Kinn.
– Keine Angst, ich bleibe dir erhalten, sagt er.
Er öffnet das Fenster, streckt die Arme, atmet tief ein:
– Komm her, Sternschnuppe!
Lacht und zieht sich aus dabei, steigt ins Bett, löscht das Licht.
– Mein kleiner Freund, mal geht es hoch im Leben, dann gehts wieder runter. Und für manche gehts wieder hoch.

Und ein paar wenige, die bleiben oben.

Dann hört Daniel nur noch Jaders gleichmäßiges Atmen. Von draußen fällt das Licht der Scheinwerfer herein. Daniel schließt die Augen. Jaders Atmen verschwindet, doch ein anderes Geräusch taucht auf. Ganz leise erst. Ein Zirpen. Dann deutlich. Ein Vogel singt. Daniel öffnet die Augen. Jader hat die Arme über der Brust gekreuzt und kein Ton geht von ihm aus. Der Vogel singt lauter. Daniel geht zum Fenster. Draußen ist der Hof im Scheinwerferlicht, es ist still. Der Gesang ist drinnen, Daniel geht ihm nach, in den Flur. Auf dem Boden, zwischen den Gitterschatten, sitzt ein grauer Vogel. Er flattert davon, durch die Gittertür in den Tagesraum. Daniel folgt ihm, jemand hat vergessen, die Tür zu verschließen. Der Vogel fliegt durch den Tagesraum. Dann ist Daniel auf dem Hof, der Vogel hockt zu seinen Füßen. Daniel hebt ihn auf, setzt ihn auf seine Handfläche. Das Herz des Vogels schlägt schnell. Ein Zeigefinger streicht dem Vogel vom Kopf über den Rücken bis zum Schwanz.

– Weißt du seinen Namen? sagt Janine.

Daniel schüttelt den Kopf. Der Vogel streckt die Flügel, flattert dann davon, über die beiden Zäune mit den Stacheldrahtkronen, verschwindet im Schwarz hinter den Scheinwerfern.

– Gut, daß du ihn nicht weißt, sagt sie.

Janine küßt Daniel. Sie liegen auf dem Steinboden des Hofs. Über ihnen spannt sich eine schwarze Kuppel ohne Sterne. Der Vogel singt.

– Zu dem, der seinen Namen kennt, kommt er nicht mehr, sagt Janine.

20

Im Papierkorb, zwischen Zeitungen und zerrissenen Aktenseiten lag der tote Vogel. Ich nahm ihn mit den Fingerspitzen und legte ihn auf den Schreibtisch. Er sah nicht aus wie tot, das Auge glänzte tiefschwarz. Nur ein Flügel stand schief ab und war gebrochen. Das Telefon klingelte.
– Ich bin fertig. Laß uns fahren. Kommst du runter? sagte Maria.
– Gleich, ich komme, sagte ich.
Ich legte einen Zeigefinger auf die Brust des Vogels. Er war kalt, kein Herz schlug. Ich suchte ein großes Stück Papier aus dem Papierkorb und wickelte den Vogel darin ein. Ich schob das Paket in die Hosentasche.

– Ich bleibe heute nacht hier, sagte Maria. Ich bin zu müde, noch nach Hause zu fahren.
Wir sahen fern, ein alter Revolverheld starb an Krebs. Sie legte den Kopf an meine Schulter und schlief ein. Ich wollte sie wecken, als der Film vorüber war, aber sie rollte sich nur zusammen. Ich trug sie ins Bett und legte mich neben sie. Ich konnte nicht einschlafen. Lag im Finstern mit offenen Augen. Irgendwann hörte ich ein Rascheln. Kurz nur, aber dann wieder. Ich schaltete das Licht an. Maria atmete ruhig. Das Rascheln kam aus meiner Hose, die über dem Stuhl lag. Ich nahm das Päckchen mit dem Vogel aus der Tasche und wickelte ihn aus. Der Vogel streckte den gebrochenen Flügel gerade und legte ihn an. Er saß auf meinem Finger,

öffnete und schloß den Schnabel ohne Ton. Ich brachte ihn zum Fenster und ließ ihn fliegen.
– Was machst du? sagte Maria.
– Ich kann nicht schlafen, sagte ich.
– Komm her.
Ich stieg zu ihr ins Bett und sie umarmte mich. Bald schlief sie wieder. Ich lag auch den Rest der Nacht wach.

Maria briet Spiegeleier zum Frühstück.
– Ich habe heute nacht was Komisches geträumt, sagte sie. Du hast dem kleinen Kamp die Haare rasiert und ihm dabei ein Ohr abgeschnitten.
Sie lachte und tat mir die Eier auf.
– Du siehst müde aus, sagte sie.
– Ich habe die ganze Nacht nicht geschlafen, sagte ich.
Sie küßte mir die Wange.

Tanner hatte zwei Kleinbusse bestellt.
– Es fährt nur mit zum Standesamt, wer unbedingt muß. Ich will keinen Aufruhr, hatte er gesagt.
In dem einen Bus saßen außer den Pflegern Janine, ihre Mutter und Tanner. In dem anderen Jader, Daniel und ich. Ich hatte Daniel einen meiner Anzüge geliehen. Er war ihm zu groß, und er trug die Ärmel aufgeschlagen.
– Sie sehen gut aus. Anzüge stehen Ihnen, sagte ich.
– Ja, die soll er jetzt häufiger tragen, sagte Jader und lachte.
Daniel drehte sich zum Fenster und starrte hinaus.
– Wie ist das eigentlich, Herr Doktor. Werden meine Frau und ich jetzt ein gemeinsames Zimmer erhalten? sagte Jader.

– Kann ich mir nicht vorstellen, sagte ich.
– Sollen wir dann im Hof die Ehe vollziehen? Und dann kommt ein Kind vorbei und sieht uns zu, das können Sie doch nicht wollen.
Daniel schlug gegen die Scheibe. Wir standen an einer Ampel, und im Auto neben uns saß ein kleiner Junge, der Daniel die Zunge rausstreckte.
– Reiß dich zusammen! schrie Jader.
Die Ampel schaltete auf Grün und der Wagen fuhr an. Daniel verschränkte die Arme und legte den Kopf gegen die Scheibe.
– Das ist inhuman, sagte Jader. Sie zwingen mich, es zu treiben wie die Tiere im Zoo. Durch die Gitter angestarrt von irgendwelchen Rotznasen.
Er griff Daniel ans Revers und begann es geradezuzupfen.
– Sexualität ist ein Grundbedürfnis des Menschen, Herr Doktor. Wie essen, trinken und atmen. Hat man Ihnen das in Ihrem Studium nicht beigebracht?
Daniel schloß die Augen.
– Ich werde Ihren Antrag in der nächsten Teambesprechung zur Diskussion stellen, sagte ich.
– Ich bitte darum, sagte Jader.
Der Wagen fuhr durch ein Schlagloch, und Daniels Kopf knallte gegen die Scheibe. Jader strich ihm darüber.
– Anzüge stehen dem Kleinen wirklich ausgezeichnete. Er muß nur noch lernen, wie man sie trägt, sagte er.

Die Trauung wurde in einer kleinen Amtsstube vollzogen. Die Wände waren weiß und die Stühle aus Stahlrohr mit Kunstleder bespannt. Janines Mutter hatte das Geld, das

sie in der Arbeitstherapie verdient hatte, für ein hellblaues Kleid mit Puffärmeln ausgegeben.
– Weiß kann ich nun wirklich nicht mehr tragen, hatte sie gesagt.
Die Standesbeamtin starrte auf die Papiere vor sich auf dem Tisch, während sie ihre Rede hielt. Schließlich stand sie auf und sah zu Tanner herüber, der ihr zunickte. Jader und Janines Mutter erhoben sich und gaben sich das Jawort.
– Sie dürfen die Braut jetzt küssen, sagte die Standesbeamtin.
Jader umarmte Janines Mutter und küßte sie stürmisch. Tanner und ich saßen zwischen Janine und Daniel. Tanner stieß Daniel an.
– Los, du gehst als erster unterschreiben, sagte er.
Daniel stand auf und unterschrieb die Papiere und setzte sich wieder. Dann unterschrieb Janine. Jader und die Mutter küßten sich noch immer. Jader ließ sie sich nach hintenüber beugen, und beinahe wären sie hingefallen.

Vor dem Rathaus stand das blaue Auto des Journalisten.
– Jetzt ists auch egal, aber paßt auf, daß ihr keinen Scheiß redet, sagte Tanner.
Jader und die Mutter schritten Arm in Arm die drei Stufen am Eingang des Rathauses hinunter. Der Journalist stieg aus dem Auto.
– Etwas festliche Stimmung gefällig? rief er und drehte das Autoradio laut, die Musik des Streichorchesters breitete sich aus.
Das Brautpaar stand steif und lächelte, der Journalist fotografierte es. Janine sah zu Daniel herüber, aber er starrte in

die Blumenkübel mit roten und rosa Geranien, die vor dem Rathaus aufgestellt waren.

– Können wir meiner Frau jetzt ihr Hochzeitsgeschenk überreichen? sagte Jader.

Tanner nickte und ging zum Bus und kam mit einem kleinen Käfig zurück, in dem eine weiße Taube saß. Er reichte den Käfig Jader.

– Ich weiß, du hast dir nichts mehr gewünscht als weiße Tauben zur Hochzeit, sagte Jader zur Mutter. Leider waren meine finanziellen Mittel nur ausreichend für eine einzige.

Die Mutter steckte den Finger zwischen den Gitterstäben in den Käfig, die Taube schreckte zurück.

– Laß sie fliegen, mein Schatz, sagte Jader. Zur Sonne, für unser Glück.

Die Mutter hatte Tränen in den Augen, sie öffnete den Käfig. Die Taube kletterte heraus. Streckte die Flügel und wollte fliegen und fiel zu Boden.

– Ich hasse euch! schrie Daniel und schleuderte einen weiteren Stein nach der Taube.

Der Stein traf, und im weißen Gefieder entstand ein roter Fleck. Zwei Pfleger nahmen Daniel an den Armen. Die Mutter kreischte, zwei andere Pfleger mußten sie zurückhalten.

– Fotografieren Sie das, diese Zustände! schrie Jader den Journalisten an.

Der schoß ein Bild nach dem anderen. Tanner versuchte ihn abzudrängen, aber es gelang ihm nicht. Janine stand reglos und starrte auf die Taube. Die Taube zuckte und schaffte es, sich auf die Beine zu stellen, versuchte mit den Flügeln zu schlagen und fiel wieder auf die Seite. Janine hob sie auf und drehte ihr den Hals um. Sie sah Daniel an.

– Mein Geschenk, sagte Daniel.

Die Pfleger brachten Daniel zum Bus. Janine warf die Taube gegen den Käfig und schaute auf ihre blutigen Hände.

Isolierungsprotokoll. Patient Daniel Kamp. Schweres aggressives Verhalten. Sachbeschädigung. Feststellung der Isolationstauglichkeit durch Dr. Walser. Patient entkleidet. Belehrung durchgeführt.

Ich unterschrieb das Isolierungsprotokoll. Daniels Gesicht auf dem Monitor war reglos. Die Schwester in der hellblauen Strickjacke las Zeitung, stieß Rauch aus. Daniels Bild flimmerte wie die Spiegelung auf einer Wasseroberfläche.

– Ich wollte niemals, daß dieses Kind stirbt, las die Schwester vor. Er habe das Kind geschlagen, gestoßen, dessen Haut mit erhitzten Flaschen verbrannt. Das Geschrei des Kindes habe ihn so aggressiv gemacht.

Der Monitor grieselte, das Gesicht verschwamm. Kurz darauf sah ich es übermäßig scharf, wie das einer Statue, und ich wußte, was Daniel fühlte. Ich spürte die bedingungslose Liebe, die Einsamkeit, die Verzweiflung, und ich wollte, daß dies meine Gefühle waren, und für einen Moment waren es meine Gefühle. Die Schwester zog das Protokoll unter meiner Hand hervor, nahm mir den Stempel aus der Kitteltasche und setzte ihn über meinen Namen.

– Das Geschrei des Kindes habe ihn so aggressiv gemacht, sagte sie. Den haben wir auch bald hier, dann heiratet der auch und wird zum guten Menschen.

Das Gesicht auf dem Monitor betrachtete mich. Und mir schien es, daß es keinen Unterschied machte, ob Daniel

oder ich in der Isolationszelle saß, ob er oder ich gleich nach Hause gehen würde, um dort mit Maria zu schlafen. Die Schwester schlug mit den Knöcheln gegen die Scheibe des Monitors.
– Schlafen Sie schon? Ab nach Hause mit Ihnen, sagte sie.
– Ich muß noch einmal mit ihm sprechen, sagte ich und ging in die Zelle.
Daniel schaute noch immer hinauf in die Kamera, und ich mußte ihn ansprechen, damit er mich bemerkte.
– Es tut mir leid, sagte ich.
Er sah mich unverwandt an.
– Hauen Sie ab, lassen Sie mich in Ruhe, sagte er.
– Ich weiß genau, was Sie jetzt durchmachen.
Einen Moment war er ganz still, dann schrie er:
– Halts Maul! Woher willst du das wissen? Aus deinen blöden Akten? Du gehst jetzt nach Hause, du Arschloch! Ich komme hier nie wieder raus!
Er weinte, und ich setzte mich neben ihm auf die Pritsche, um ihn zu trösten. Er fing an, nach mir zu schlagen. Die Schwester kam herein, mit Gurten in der Hand, und fragte, ob wir ihn festmachen sollten. Ich schickte sie nach draußen.
– Auf Ihre Verantwortung, sagte sie und ging.
Irgendwann lag Daniel ganz still, griff dann nach meiner Hand. Ich strich ihm über die Wange, über die Lippen. Ich schloß die Augen, und Daniels Lippen öffneten sich und ich spürte es feucht an meinen Fingerspitzen.
– Bitte, hilf mir. Hilf mir hier raus. Ich bring mich sonst um. Ich halte es nicht mehr aus.
Jemand strich mir über den Kopf, nahm mich dann am Arm. Ich öffnete die Augen, Maria stand neben mir.

– Wir sollten jetzt gehen, sagte sie.

Daniel klammerte sich an meine Hand, Maria zog mich von der Pritsche weg.

– Ich kann dir nicht helfen, sagte ich.

Daniel ließ meine Hand los.

– Geh nach Hause, sagte er, drehte sich zur Wand und rührte sich nicht mehr.

Maria brachte mich nach draußen. Im Vorraum der Isolationszelle stand die Schwester und hatte noch immer die Gurte in der Hand.

– Ich würde den fixieren, sicher ist sicher, sagte sie.

– Auf keinen Fall. Lassen Sie ihn in Ruhe, sagte ich.

Draußen dämmerte es, die beiden Tore öffneten und schlossen sich eines nach dem anderen.

– Was wollen wir zu Hause, ich kann noch nicht schlafen, sagte Maria.

Sie legte den Arm um mich und wir gingen den gewundenen Weg hinunter zum See. Am Ufer lag ein Ruderboot. Maria stieg hinein und setzte sich mit ausgebreiteten Armen in den Bug.

– Fahr mich über den See, sagte sie.

Ich stieß das Boot ab und begann zu rudern. Maria ließ eine Hand durchs Wasser streichen, zuckte dann zurück:

– Schon umgekippt.

Der Mond schien hell, und überall in der glatten Wasseroberfläche glitzerten die Bäuche der Fische. Die Fabrik war ein Scherenschnitt vor dem schwarzblauen Himmel.

– Laß uns zurückfahren, sagte ich, als wir die Mitte des Sees erreicht hatten.

– Hör auf, so unromantisch zu sein, du bringst mich bis zur Fabrik nach drüben.

Maria summte eine Melodie, und ich fragte sie nach dem Namen des Liedes. Sie streifte einen Schuh ab und legte mir den nackten Fuß zwischen die Beine. Ich erkannte die Melodie, Maria summte sie falsch. Blue Moon.

– Sei still bitte, sagte ich.

– Du bist ja schon ganz steif, sagte sie und bewegte den Fuß auf und ab.

Das Boot stieß ans Ufer. Maria zog den Schuh an und hielt mir die Hand hin.

– Eigentlich solltest du mich ja auf den Armen tragen, sagte sie, als ich ihr aus dem Boot half.

Der Betonboden war mit Glasscherben übersät, es knirschte bei jedem Schritt.

– Ich geh auf Glas, sagte Maria und drückte sich fest an mich.

Sie führte mich zu einer kleinen Metalltür, nahm einen Schlüssel aus der Tasche, schloß auf. Drinnen war es stockfinster und die Luft so dumpf, daß ich mich zwingen mußte zu atmen. Maria warf die Tür zu.

– Ohne mich gehst du hier drin verloren, sagte sie und zog mich ins Dunkle hinein.

Ich stolperte einmal, und sie umarmte mich:

– Bleib ganz nah bei mir.

Schließlich öffnete sie eine weitere Tür, und vor uns lag das, was einmal die Maschinenhalle gewesen sein mußte. Die Scheiben der meterhohen Fenster waren zerbrochen, draußen war die Nacht von einem leuchtenden Blau. In der Mitte der Halle lag eine große Matratze, über die eine rote

Decke gebreitet war. Maria lief in der Halle umher und entzündete einige Öllampen, die überall in dem kahlen Raum aufgestellt waren.

– Wenn unsere Irren schon heiraten, dann gönnen wir uns auch mal was Besonderes, hab ich gedacht, sagte sie.

Sie bückte sich nach einer der Lampen, ihr T-Shirt rutschte nach oben, und ich sah, daß ihr Slip grün war. Ich fragte sie danach.

– Gefällt dir grün nicht? sagte sie und stellte einen CD-Player an.

Elvis sang. Blue Moon. You saw me standing alone. Maria zog mich aus.

– Du bist ja so steif, sagte sie.

Ich rieb mein Glied an ihren Haaren, stieß sie dann auf die Matratze, schob den grünen Slip beiseite und drang in sie ein. Sie stöhnte laut und ich legte meine Hände um ihren Hals.

– Willst du das so? Willst du das wirklich so? hörte ich mich sagen.

Und ihr Körper wand sich unter meinem und ihr Gesicht war verzerrt, als würde sie weinen. Ich sah einen Vogel durch die Halle flattern. Ich küßte Maria, so lange, bis sie mich wegschob und atemlos rief:

– Ich krieg keine Luft mehr.

Wir lagen nebeneinander. Der Vogel prallte gegen ein Fenster und fand dann den Weg zwischen zwei Glasscherben nach draußen. Without a dream in my heart. Without a love of my own. Maria beugte sich über mich. Ich sah die roten Flecken an ihrem Hals.

– Jetzt küß ich dich tot, sagte sie und holte tief Luft.

21

Daniel liegt in dem weißen Raum auf der Pritsche und sieht zum schwarzen Auge hinauf. Die Tür öffnet sich, die Schwester mit der hellblauen Strickjacke kommt herein, hat die Gurte in der Hand.
– Wenn du Probleme machst, fixier ich dich, sagt sie. Steht einen Moment still, sagt dann:
– Gollner hat mich gerade angerufen. Es wird nichts mit einer gemeinsamen Pause heute, hat er gesagt. Deine Kleine macht zu viel Arbeit. Ich hätte gern mit Gollner einen Kaffee getrunken. Reiß dich zusammen.
Sie geht hinaus. Daniel sieht zum Auge hinauf, das nur eine Kamera ist. Sieht sich auf dem Monitor, so groß wie ein Blatt Papier, im blendend weißen Licht liegen. Auf der Pritsche ein hellblaues Hemd und eine hellblaue Hose, sein Gesicht ist nur ein matter Fleck im Weiß. Vor dem Monitor sitzt die Schwester, die allein ihren Kaffee trinkt, ab und zu mit dem Finger gegen die Scheibe des Monitors schnippt, und Daniel hört dumpf das Klacken in seinem Kopf. Er dreht sich langsam auf die Seite, schließt die Augen, noch durch die geschlossenen Lider dringt das Weiß und füllt Daniel aus. Er reißt einen Fetzen aus dem Papierhemd, schiebt ihn in den Mund, tief in den Rachen, würgt, atmet, schiebt den Fetzen weiter, stopft einen weiteren nach, bis es sich nicht mehr atmen läßt. Regelmäßig und hohl ist das Klacken im Kopf, ein Herzschlag, der immer schneller wird. Das Hellblau des Papierfetzens verdrängt das Weiß in Daniel. Es

ist das Blau des Himmels, der sich übers Meer zieht und weit weg, im Unendlichen mit ihm verschmilzt. Und mitten im Blau ein kleiner, schwarzer Punkt, kaum mehr sichtbar. Dann verschwunden.

– Worauf warten wir noch? sagt Janine.

– Worauf warten wir noch? sagt Kathrin.

Sie fassen ihn an den Händen. Sie rennen ins Meer hinein.

22

An einem Sonntag erwachte ich, und im Zimmer war klares und helles Licht. Maria hatte ein Bein zwischen meine geschoben. Ich stand auf, ohne sie zu wecken, duschte und rasierte mich. Ich machte Frühstück, Ei, Toast, Kaffee, Orangensaft, brachte es ans Bett.
– Sonntag, flüsterte ich Maria ins Ohr.
Sie räkelte sich und lächelte und umarmte mich, ich konnte das Tablett gerade noch beiseite stellen. Ich zog mich wieder aus und kroch ins Bett, wir küßten uns, und ich wollte mit ihr schlafen. Sie lachte.
– Das schaff ich jetzt nicht, ich hab einen Mordshunger, sagte sie.
Wir frühstückten, ohne zu sprechen. Die schräg einfallenden Sonnenstrahlen legten sich auf ihre Schultern.
– Was schaust du? sagte sie.
– Was machen wir heute? sagte ich.
Sie stellte das Tablett beiseite und ließ sich zurückfallen. Ich beugte mich über sie. Sie schloß die Augen. Ich zog ihr die Decke weg. Ihr Körper überzog sich mit Gänsehaut, die feinen Härchen schimmerten im Licht.
– Laß uns wenigstens spazieren gehen, sagte ich und stand auf. Wir zankten uns um die Decke, schließlich ging Maria ins Bad.

Draußen war es kühl für einen Sommertag, und der Himmel war durchsichtig wie im Februar. Ich hatte den Arm

um ihre Hüfte gelegt. Wir kamen in das Neubaugebiet, die Kanten der Häuser waren im blendenden Licht scharf wie bei einem Holzschnitt. Vor einem Haus stand eine Gruppe von Kindern, still und ohne sich zu regen. Aus einem Fenster über ihnen beugte sich eine alte Frau. Sie rief:
– Laßt mich raus. Meine Tochter hat mich eingeschlossen. Sie hat gesagt, sie kommt zurück, aber sie kommt nicht mehr.
Maria zog mich weiter.
– Was willst du denn hier? sagte sie.
Wir gingen die vierspurige Straße entlang, der Lärm des Verkehrs war schneidend laut. Wir bogen in die schmale Gasse hinter dem S-Bahnhof, die Geräusche drangen nur noch dumpf heran. An einem Laternenmast lag der abgerissene Flügel einer Taube. Maria blieb plötzlich stehen und löste sich von mir.
– Laß ihn doch endlich in Ruhe. Er ist tot, sagte sie und lief davon.
Ich starrte auf den Taubenflügel, der mir vorkam wie aus einem Traum, aber ich wußte, er existierte.

Die Chefärztin war zurückgekehrt. Sie saß an ihrem Schreibtisch, Tanner etwas abseits rechts neben ihr, die anderen Mitarbeiter in Stuhlreihen vor den beiden. Auf dem Schreibtisch lag ein Stapel Zeitungen.
– Lassen Sie uns eine kleine Presseschau machen, sagte die Chefärztin. Unserer Einrichtung ist ja in meiner Abwesenheit erhebliches öffentliches Interesse zuteil geworden.
Sie schlug eine Zeitung auf und hielt sie hoch, ein Foto des mit grünen Wimpeln geschmückten Hofs war zu sehen. Die

Hellblauen saßen an den Biertischen. Daniel stand auf dem Podest und zeigte die silbern und golden glitzernde Kiste, leer.

– Frühlingsfest im Maßregelvollzug. Dieses Fest soll etwas Hoffnung in das doch sehr graue Leben unserer Patienten bringen. Außerdem fördern solche gemeinsamen Veranstaltungen die sozialen Kompetenzen, erklärt Chefarzt Tanner, las die Chefärztin vor.

Sie faltete die Zeitung sorgfältig zusammen, ließ sich in den Sessel sinken und sah Tanner über die rahmenlose Brille an.

– Ganz zauberhaft haben Sie das gemacht, Herr Chefarzt. Die Leute müssen ja glauben, hier gäbe es sogar ein therapeutisches Konzept.

– Ich hatte gedacht, ein therapeutisches Konzept würde unserer Einrichtung guttun, sagte Tanner.

Die Chefärztin griff die nächste Zeitung, hielt sie Tanner hin.

– Der Liebesknast. Perverser Kinderschänder heiratet Gattenmörderin, las sie.

Nahm die nächste Zeitung:

– Ich liebe ihn, mehr als alles andere auf der Welt. Ich werde alles für ihn tun, so daß er nie wieder an Kinder denken muß, sagt die Braut.

Auf einer anderen Zeitung war Daniel zu sehen, er schrie, Gollner und ein anderer Pfleger hielten ihn fest.

– Blutbad bei Psychopathenhochzeit. Mädchenmörder rastet aus und quält Hochzeitstauben zu Tode.

Dann ein Bild Daniels, die Züge zwischen Lächeln und Gleichgültigkeit, friedlich, ein schwarzer Rahmen um das Bild:

– Er mußte sterben, weil er liebte, las die Chefärztin vor. Es ist eine alte Geschichte. Sie liebten sich und durften nicht zueinander. Daniel K. und Janine S. waren Patienten im Psychoknast am Silbersee. Beide hatten sie nie Liebe in ihrem Leben erfahren und waren deshalb zu Mördern geworden. Jetzt hatten sie sich im Gefängnis gefunden. Vielleicht hätte die Liebe ihre kranken Seelen geheilt. Die Ärzte sahen dies anders und verboten die Beziehung. Das konnten die Liebenden nicht ertragen. Gestern hat Daniel K. seinem Leben ein Ende gemacht. Janine S. überlebte einen Selbstmordversuch nur knapp.

– Wir kennen den Unsinn alle, sagte Tanner.

– Diesen Unsinn hat Ihr Freund Gernot Böhme geschrieben.

– Er ist nicht mein Freund. Ich hatte ihn nur für den Artikel über das Frühlingsfest engagiert, der ja auch sehr zu unserem Vorteil geraten ist. Und wo waren Sie denn, als es darum ging, Entscheidungen zu treffen, Frau Chefärztin?

– Ich war tot, Herr Tanner. Mich hatten die Haie zerfleischt, sagte die Chefärztin und hielt Tanner die Todesanzeige hin. Tanner nahm ihr die Annonce aus der Hand.

– Ich bin einer Fehlinformation aufgesessen, ich bedauere das. Die Frau, die gestorben ist, trug den gleichen Namen wie Sie, Frau Chefärztin. Und als mir Böhme von dem tragischen Unfall berichtete, hat es mich tief getroffen und ich habe alle Maßnahmen eingeleitet, die der Respekt gebietet, der Respekt vor Ihnen, Frau Chefärztin. Die Annonce ist auch niemandem aufgefallen, weil die Frau ja tatsächlich tot ist.

Die Chefärztin lachte und räumte dabei die Zeitungen zusammen. Nach und nach fielen die Mitarbeiter in das Lachen ein. Auch Tanner lachte, zerriß die Todesanzeige und warf die Schnipsel in den Papierkorb.

– Hier wird alles anders werden! rief die Chefärztin plötzlich.

Das Lachen verstummte. Die Chefärztin ging um den Schreibtisch herum und setzte sich darauf.

– Das Affentheater hat ein Ende, sagte sie. In dieser Klinik weht von nun an ein anderer Wind. Ich verspreche Ihnen unnachgiebige Strenge. Ich verspreche Ihnen Ordnung und Disziplin. Weisungsbefugt ist ab sofort einzig meine Person. Dies gilt insbesondere für Sie, Herr Oberarzt. Sie werden bis auf weiteres ausschließlich meine Anordnungen ausführen. Es wird alles anders werden.

Janine saß mir in meinem Arbeitszimmer gegenüber. Sie hatte die Haare kurz geschoren.

– War das Jader? fragte ich.

– Weil ich es so wollte.

– Warum wollten Sie es?

– Gefällt es Ihnen?

Sie legte die Arme auf den Tisch, über die Handgelenke liefen lila Narben. Ich strich mit dem Zeigefinger darüber.

– Es ist gut verheilt, sagte ich.

Sie griff nach meiner Hand, ich zog sie weg.

– Ich möchte mit Ihnen noch einmal über den Selbstmordversuch sprechen, sagte ich.

Janine legte die Hände in den Schoß und lächelte.

– Du machst mich nicht gesund, sagte sie.

Sie hob eine Augenbraue, die wie mit Kohle ins Gesicht gemalt war, es fiel mir zum ersten Mal auf. Der kahle Schädel machte sie zu einem anderen Menschen.

– Du hast Daniels Pullover genommen, sagte sie. Du hast kein Recht darauf. Ich will ihn haben.
Sie lehnte sich vor, klopfte mit den Fingern auf den Tisch, bis ich eine Schublade öffnete und ihr den Pullover herausgab. Sie breitete ihn aus. Emotions run deep as oceans explodin'. Drückte ihn gegen eine Wange.
– Ist mir zu klein, und ich werde nie so dünn werden wie Daniel, sagte sie. Und ich werde mich nicht umbringen. Glaub nicht, daß ich zu feige dazu bin. Ich will mir nur einfach das Leben nicht versauen.
Sie faltete den Pullover auf dem Tisch zusammen, und ich sah einen kleinen Leberfleck auf ihrem Handrücken. Ich schrieb etwas in die Akte, nur um etwas zu tun.
– Ich sammle Kugelschreiber, sagte sie.
Ich hielt ihr den Kugelschreiber hin, ganz an der Spitze, und sie nahm ihn am Ende.
– Wir reden jetzt dreimal in der Woche miteinander. Und jedes Mal möchte ich einen neuen Kugelschreiber, sagte sie.

Am Abend kamen Tanners zu Besuch. Maria hatte den Tisch mit Kerzen und Servietten und vielen Weingläsern eingedeckt.
– Es gibt nichts zu feiern, sagte Tanner und hielt seine Frau am Arm, während sie sich langsam setzte.
– Darum machen wirs uns besonders schön, sagte Maria.
Sie trug auf, Grützwurst. Tanner lachte und gab ihr einen Klaps auf den Hintern. Dann drückte er Gertrud die Gabel in die Hand.
– Das ist einer der Gründe, sagte er zu ihr.

Gertrud hielt die Gabel, ohne zu essen. Ich malte Muster in den braunen Brei.

– Es wird alles anders werden, hörte ich Tanner sagen. Die wird sich noch umsehen, was alles anders wird.

Maria spießte eine Kartoffel von seinem Teller.

– Du hast doch selber noch, sagte er.

– Ja und? sagte sie.

Ich stand auf und legte eine CD ein.

– Muß das sein? sagte Maria.

Ich nickte und setzte mich an den Tisch zurück. Maria und Tanner redeten unaufhörlich miteinander.

– Nichts wird anders. Alles bleibt, wie es ist, sagte Tanner.

Elvis sang. For you are beautiful and I have loved you dearly. More dearly than the spoken word can tell. Elvis' Gesang verdrängte Marias und Tanners Stimmen. Ich sah zu Gertrud hinüber, und plötzlich hob sie den Kopf. Die Augen aus Glas, das Gesicht starr und weiß und geschwollen. Und langsam bewegten sich ihre Lippen. Elvis sang aus ihrem Mund. For you are beautiful –

Personen und Handlung sind frei erfunden.
Eventuell auftretende Ähnlichkeiten sind zufällig.

© 2006 by Mitteldeutscher Verlag GmbH, Halle
Printed in the EU
Alle Rechte vorbehalten
Gestaltung: behnelux gestaltung, Halle
Satz: Mitteldeutscher Verlag GmbH

ISBN 3-89812-386-3 / 978-3-89812-386-0
www.mitteldeutscherverlag.de